BEM-VINDA À AMÉRICA

LINDA BOSTRÖM KNAUSGÅRD

Välkommen till Amerika
Copyright © Linda Boström Knausgård, 2016
Published by agreement with Copenhagen Literary Agency ApS, Copenhagen.

Esta tradução foi subsidiada pelo Conselho de Cultura da Suécia, aqui reconhecido com gratidão. **KULTUR**RÅDET

Grafia atualizada segundo o Acordo Ortográfico da Língua Portuguesa de 1990, que entrou em vigor no Brasil em 2009.

Edição: Felipe Damorim e Leonardo Garzaro
Tradução e notas: Luciano Dutra
Arte e diagramação: Vinicius Oliveira
Revisão: Carmen T. S. Costa e Francesca Cricelli
Preparação: Lígia Garzaro e Ana Helena Oliveira
Foto de capa: Andréa Iseki
Modelo: Patricia Pamella Leone
Posfácio: Ronaldo Bressane
Imprensa: Beatriz Reingenheim

Conselho editorial: Felipe Damorim, Leonardo Garzaro, Lígia Garzaro, Vinícius Oliveira e Ana Helena Oliveira

Catalogação na publicação
Elaborada por Bibliotecária Janaina Ramos – CRB-8/9166

K67

    Knausgård, Linda Boström
    Bem-vinda à América / Linda Boström Knausgård; Tradução de Luciano Dutra – Santo André - SP: Rua do Sabão, 2021.

        Título original: Välkommen till Amerika
        120 p.; 14 X 21 cm
        ISBN 978-65-86460-26-1

    1. Literatura sueca. I. Knausgård, Linda Boström. II. Dutra, Luciano (Tradução). III. Título.

CDD 848.5

Índice para catálogo sistemático
I. Literatura sueca

[2021]

Todos os direitos desta edição reservados à
Editora Rua do Sabão
Rua da Fonte, 275, sala 62 B,
09040-270 — Santo André — SP

🌐 www.editoraruadosabao.com.br
❶ / editoraruadosabao
◉ / editoraruadosabao
◗ / editoraruadosabao
ⓟ / editorarua
◯ / edit_ruadosabao

BEM-VINDA À AMÉRICA

LINDA BOSTRÖM KNAUSGÅRD

TRADUZIDO DO SUECO POR LUCIANO DUTRA

Já fazia bastante tempo desde que eu havia parado de falar. Todos já tinham se acostumado. A minha mãe, o meu irmão. O meu pai está morto, então, não sei o que ele iria dizer a respeito. Talvez ele dissesse que aquilo era hereditário. A hereditariedade golpeia com força na minha família. É implacável. Em linha direta. Talvez eu carregasse o silêncio dentro de mim o tempo todo. Antigamente, eu dizia coisas que não conferiam. Dizia que o sol estava brilhando quando de fato chovia. Que o mingau de aveia era verde como um gramado e tinha gosto de terra. Eu dizia que ir à escola era como adentrar na escuridão mais profunda a cada dia. Era como se agarrar num corrimão até o dia acabar. O que é que eu fazia depois das aulas? Eu não brincava com o meu irmão, pois ele se trancava no quarto com a sua música. Passava o ferrolho na porta. E mijava em garrafas que guardava no quarto. Exatamente com essa finalidade.

O silêncio não faz diferença alguma. Não crê nisso. Não crê que o sol se levanta de manhã, pois a gente não pode ter certeza dessas coisas. Eu não uso o caderno que a minha mãe me deu. Se precisares informar algo, ela disse. O caderno foi uma forma de rendição. Ela aceitava o meu silêncio. Eu podia ficar na minha. Aquilo iria passar, afinal. Talvez passe mesmo.

Passei a mão no parapeito da janela, depois desenhei no pó que se acumulou na minha mão. Desenhei uma árvore de Natal e um Papai Noel. Foi só o que me ocorreu. Os pensamentos vêm tão arrastados e se expressam tão monossilábicos: pé, pão, pó.

Eu já contei que morávamos num apartamento? Não éramos muito dessa coisa de natureza, a não ser pelo parque, onde vi o meu primeiro exibicionista. Eu estava brincando no trepa-trepa e o homem parou lá embaixo e mostrou tudo o que tinha. Tirou as calças completamente. O membro dele era rígido e roxo. Observei a cor atentamente.

Eu tinha amigos, mas eles não existem mais. Começaram a ir a outros apartamentos depois dessa coisa de não falar mais. Antigamente, sempre havia outras crianças na nossa casa. A minha mãe não dava a mínima bola. Na nossa casa podíamos bater com um disco de hóquei nas portas de madeira maciça. Construímos uma rampa de esqueite apoiada numa estante de livros e o apartamento era tão grande que podíamos dar voltas e mais voltas de patins de rodinhas. O parque ficou todo detonado, mas as crianças têm que brincar. Agora aqui é só silêncio. Já é uma diferença.

Parei de falar quando o meu crescimento ocupou um espaço grande demais. Eu tinha certeza de que não podia falar e crescer ao mesmo tempo. Talvez eu fosse alguém que liderava os demais. Foi ótimo parar com isso. Tantas pessoas para controlar. Tantos sonhos que realizar. Deseja algo para eu realizar, eu podia dizer. Porém, eu nunca conseguia realizar qualquer desejo. Ao menos não conseguia direito.

Eu podia falar da minha mãe. Mas calei. Não queria o sorriso loiro dela. Os cabelos bem cortados dela. O desejo dela de que eu me tornasse uma garota bonita. Para ela, a beleza é algo especial. Uma característica importante que a gente cultiva como as flores. Semeia, rega, vê crescer. Eu podia ser parecida com ela. Morena mas parecida com ela com direito àquele frescor. Porém, me faltava alguma coisa. Eu não era um prodígio da natureza. Eu estava contagiada pela dúvida. A dúvida estava por tudo. Instalava-se na espinha e de lá se espalhava. Eu sentia a dúvida me dominando. Eram dias e noites, eram pores do sol banhados na dúvida.

Eu não escrevia nada no meu caderno, mas mesmo assim sabia o tempo todo onde o caderno estava. Tirei ele da prateleira mais alta do roupeiro e guardei embaixo do travesseiro, depois de volta ao roupeiro. Uma vez o escondi atrás do assento do vaso sanitário, caso eu precisasse escrever exatamente naquele momento.

O meu pai está morto. Já contei isso? Foi culpa minha. Orei a Deus em voz alta pedindo que ele morresse e então ele morreu. Uma manhã, ele jazia rígido na cama. Ou seja, a minha fala tinha esse poder. Talvez o que eu disse sobre o meu crescimento não seja verdade? Talvez eu tenha parado de falar porque o meu desejo tinha se realizado. A gente acha que quer que o que pedimos aconteça. Mas a gente não quer. A gente nunca quer que os nossos desejos sejam realizados. Isso perturba a ordem das coisas. A ordem tal como de fato a gente quer. A gente quer ficar desapontado. A gente quer se machucar e lutar pela própria sobrevivência. A gente quer ganhar presentes de aniversário errados. A gente pode até achar que quer ganhar aquilo que imaginou, mas na verdade não quer.

Os dias e as noites eram todos parecidos. O silêncio dissolve os contornos até que tudo se veste de uma certa névoa. Podemos chamar isso de semidias. Podemos chamar isso de o que quer que seja.

Antigamente, eu ia muitas vezes ao teatro com a minha mãe. Mas não vou mais. Ouço quando ela sai e quando ela volta. A última vez que a vi no palco ela era uma deusa da liberdade caída que dava as boas-vindas à América aos imigrantes. Ela estava careca e tinha um caco de espelho cravado na testa. Ela perdera a tocha. Eu amei aquilo tudo. A aparência dela. A sua figura que brilhava e rebrilhava naquele palco. Bem--vinda à América. Bem-vinda à América.

Acontecia de eu querer escrever apenas essas palavras no meu caderno. Mas eu me continha. É preciso ser firme. Não seguir os impulsos que passam de um lado para o outro da cabeça, como que em pequenos túneis cercados de luz. Eu conseguia ver os pensamentos. Eles andavam por tudo. Desciam pelo corpo, davam voltas e mais voltas em torno do coração, brincavam com os músculos cardíacos, comprimiam. Os pensamentos não eram algo que eu conseguia controlar.

Já cantei no coral da escola. A nossa professora de música se chamava Hildegard. Ela era austríaca. Se eu cantasse como tu, ela escreveu na dedicatória de um livro que me deram de prêmio no encerramento do ano letivo. Ela realmente cantava mal. Com uma voz estridente e aguda. Mas ela conhecia todas as vozes. Uma vez cantei como solista numa igreja. *The sun is shining, the grass is green, the orange and palm tree sway, there's never been such a day in Beverly Hills, L. A. But it's December the twenty-fourth, and I am longing to be up north.*[1] Eu estava tão nervosa que cheguei a tremer, mas deu tudo certo. E a minha mãe disse que qualquer um ficaria nervoso.

O meu pai falou comigo nos meus sonhos. Tens algum problema nas cordas vocais?, ele perguntou. Não, pai. Mas as palavras são tão difíceis. Tão difíceis de espalhá-las à nossa volta.

O que mais ele disse? Minha garotinha. Nunca houve problema algum contigo. Não, pai, eu respondi. Nunca houve problema algum comigo.

Era preciso acalmá-lo. Apesar de ele estar morto. Não há qualquer diferença entre os vivos e os mortos nesse sentido.

Eu tentava mantê-lo longe. Ignorava as perguntas dele, mas ele estava por toda parte

---

[1] Em inglês no original: "O sol brilha, a grama é verde, a laranjeira e a palmeira tremulam, nunca houve um dia assim em Beverly Hills, Los Angeles. Mas hoje é véspera de Natal, tenho vontade de viajar para o norte". Trata-se da primeira estrofe da canção natalina norte-americana composta por Irving Berling e lançada em 1942 por Bing Crosby no *single* até hoje recordista mundial de vendas (mais de 100 milhões de cópias), também gravada por outros músicos de renome como Frank Sinatra, Bette Midler, Andrea Bocelli e Michael Bublé, além de mais de quinhentas gravações em inglês e outros vários idiomas.

exatamente como quando estava vivo. Pela pátria, ele dizia, enchendo o copo outra vez. Pela velha que não tem mais dentes. Foi tão fácil. A minha mãe diz que foi uma recusa. Que eu queria fazer a vida escorregar à minha volta, em vez de ficar embaixo e deixar que ela me arrastasse. Ela agora gostava menos de mim, o que não era nada estranho afinal. Eu também gostava menos dela. Estávamos as duas paradas cada uma numa margem de um fosso, medindo a distância, ou será que medíamos uma à outra com o olhar? Qual das duas é forte?, perguntávamos uma à outra. Quem é a forte e quem é a fraca? Qual das duas iria rastejando até a outra de madrugada para abraçá-la aos prantos?

Apesar disso, ela não quis fazer nenhuma tempestade num copo d'água por causa daquilo. Foi o que ela disse à minha professora, que começou a chorar depois da primeira semana. É só um capricho, ela disse. Ela costuma fazer essas coisas. Não dê bola para isso. Deixa estar. Ela logo vai cansar disso. Não há nada de errado com ela.

A fala levou a luz embora consigo. A luz não dançava mais nas paredes da nossa casa. Somos uma família radiante, a minha mãe diria, apesar de o meu pai só ficar deitado na cama olhando o tempo todo para a parede enquanto estava vivo. Onde está a luz?, perguntei a ela com os olhos. De que luz estás falando? Talvez a gente sempre tenha medido uma à outra com o olhar. Talvez a pergunta sobre qual das duas era forte e qual era fraca sempre tenha estado no ar desde o início?

Eu temia pelo meu irmão. Sempre temi. Ele estava sempre lá, com as suas mãos e o seu ódio. Ganhei um pacote de uvas passas da minha avó materna que mora lá no norte. Ele arrancou o pacote das minhas mãos e minhas vistas se escureceram e então puxei a faca. Porém, o que é que eu iria fazer com a faca? Ele ria de mim enquanto devorava as uvas.

Eu tinha um esconderijo no banheiro onde guardava livros, sanduíches, frutas. Ficava bem no fundo da prateleira mais alta, atrás do papel higiênico que sempre comprávamos em fardos. Quando a minha mãe fechava a porta da rua ao sair, o meu irmão se virava para mim e eu corria para o banheiro. E ficava horas lá dentro. Lia livros, ou tentava entender algo daquelas letras, mas na maioria das vezes o medo fazia com que eu apenas escorregasse no meio das palavras e eu nunca lembrava de nada do que lera. No fim, ele cansava de ficar vigiando do lado de fora. Havia um acordo tácito entre nós segundo o qual, quando ele parava, então eu podia sair.

Então podíamos brincar. Brincávamos de piratas, ou de cegos. Eu podia participar da brincadeira se deixasse ele cortar as minhas unhas. Eu fechava os olhos e estendia as mãos. Depois as unhas jaziam feito janelinhas nas mãos dele.

Amor de irmãos. Então era assim? Ele era caprichoso e eu era meiga. Assim as cartas foram dadas entre nós. É possível jogar bem por mais altas que sejam as cartas, o meu pai sempre dizia. Dá tudo certo se a gente for bom o bastante.

Eu era boa. Eu sabia me esgueirar e descartar as cartas altas quando os outros ficavam entusiasmados em excesso. As cartas eram jogadas, os discos de hóquei zuniam. O teatro existia como um enorme firmamento. Era disso que eu mais sentia falta?

Talvez eu não consiga evitar a minha mãe como eu gostaria de fazer. Ela é grande demais, faceira demais, superior demais. Mas eu tento. Vejo-a com restos de massa de pão nos anéis de diamante, vejo a força dela, como era bom encostar no peito dela quando eu era pequena. Agora sou grande?

Acabo de fazer onze anos. Pode-se dizer que foi tudo de brincadeirinha, o coro de "parabéns a você", os presentes jogados em cima de mim como se eu fosse um cão.

Eu queria muitos anos de vida? A minha mãe me perguntou depois que o bolo foi devorado. Eu queria muitos anos de vida? Os olhos dela cravados nos meus. Eu despenco, me ocorreu. Era isso o que os meus pensamentos me diziam. Diziam e voltavam a dizer. Despenco.

Despenco de tudo que vive, os pensamentos continuaram.

O sono noturno. Como se eu andasse sobre o mar com pernas de pau. Eu andava bem acima da superfície da água, via a terra arredondando.

Podia ser pior.

---- ◎ ----

O quarto jaz em silêncio à minha volta. As paredes estão nuas, pois arranquei os cartazes. Estou sentada no peitoril da janela e observo a única árvore do jardim. É uma castanheira. A música atravessa a parede. O quarto do meu irmão fica ao lado do meu. Moro no quarto da empregada. Mas o quarto é grande, grande como tudo nesse apartamento. As empregadas tinham bastante espaço antigamente. Tem uma entrada direto do jardim, uma escadaria em caracol oculta com degraus estreitos de metal e uma porta que dá direto na cozinha. Essa porta fica sempre aberta. A minha mãe não gosta de se trancar. Ela se sente com claustrofobia muito fácil. Às vezes, tenho medo de falar durante o sono. De alguém me ouvir falando e de que isso seja usado contra mim. Vejo a cara triunfante da minha mãe. Não seria justo.

O quarto está às escuras. Não acendo nenhuma lâmpada. Somos uma família radiante. Um clarão. Há tanta coisa que é impossível de se pensar.

Os passos do meu irmão no piso. Como ele se move lá dentro. Com passos pesados mas ao mesmo tempo ágeis. A voz dele dentro de mim quando ele me pede algo. Para recolher o prato dele. Buscar um copo d'água. Sou a criada dele. Ou a escrava. Faço o que ele manda, pois tenho medo de que ele me pegue pela nuca. Sinto repulsa só de pensar que tenho medo do meu irmão. Mesmo assim, penso nisso muitas vezes.

Antigamente, havia a possibilidade do parque. Antigamente, eu brincava na árvore com a minha amiga. Ficávamos lá sentadas durante horas conversando a respeito do mundo como a gente o via. Estávamos lá juntas e trepávamos cada vez mais alto na árvore até sentarmos na própria copa, cada uma em seu galho, balançando as pernas. Agora ela brinca com outra garota. Se elas vão lá na árvore eu não sei. Mas elas correm juntas pelo pátio da escola exatamente como eu e ela fazíamos. Quando uma desembestava a correr e arrastava a outra consigo. O medo que se instalava entre um passo e outro, fazendo acelerar ainda mais. A risada que parecia choro.

O cheiro da minha mãe. O suor no qual ela adormecia. O corpo quente e pesado junto ao qual a gente podia se deitar e fingir dormir. Sua inspiração e expiração profundas. O quarto com as cortinas de veludo e o quadro. O diploma da Escola Nacional de Arte Dramática que pendia emoldurado na parede sobre a mesa com o telefone. A jarreteira preta no quadro, recordação de alguma montagem. O cinzeiro marrom de vidro. Sempre cheirava a cigarro e a corpo no quarto da minha mãe. Ou de gases de escapamento quando ela abria a janela pelas manhãs para arejar. A rua ficava entre o prédio em que morávamos e o parque. Os carros passavam à toda. Aceleravam para conseguir passar o sinal antes que ficasse vermelho. Morávamos formidavelmente em frente ao parque. Seis quartos e cozinha. A minha mãe precisava faturar um balaio de dinheiro. Ela dava aulas particulares na nossa sala. Ao voltar da escola, eu ouvia a voz calma da minha mãe e os esforços dos alunos lá dentro. Obras da dramaturgia universal retumbavam pelo apartamento. Todos estavam acostumados. Os meus amigos também, apesar de eu sempre ter que explicar a situação inicialmente. Explicar os gritos e as gargalhadas. A ideia era que fizéssemos silêncio quando a minha mãe estava dando aulas, ou então brincar na rua. Depois que os alunos iam embora, ao final da aula, a minha mãe sempre abria a porta da sala. Como que para mostrar que agora podíamos ir lá dentro. O nervosismo seguia estampado nas paredes, os esforços dos alunos. Mas depois de algumas voltas de patins passando pelo banheiro, pelo quarto grande com porta-janela e pelo corredor com piso branco e preto onde ficava a cristaleira, voltávamos à sala, que então era como se voltasse a ser toda nossa. Treinávamos partidas no corredor. Íamos de um a cem e deixávamos a porta da rua nos frear. O meu irmão tinha os seus amigos. Eu, os meus.

Na maioria das vezes, eram amigos do meu irmão que arremessavam os discos de hóquei nas portas dos quartos, deixando pequenas marcas pretas, mas eventualmente eu e os meus amigos também fazíamos isso. Avançávamos driblando e arremessávamos o disco com uma tacada. Eventualmente eu também ia à casa dos meus amigos, mas o cheiro e a organização nas casas deles me deixavam perturbada. Eu sempre tinha saudade de casa. Eu sempre tinha saudade da minha mãe. Das mãos dela, dos cuidados dela, eu tinha saudade de pedalar com ela de casa até o teatro pelas calçadas nas noites escuras. Sempre pelas calçadas apesar de ser proibido. As pessoas erguiam os punhos na nossa direção quando a gente passava, sempre em alta velocidade, como se fosse questão de vida ou morte. A minha mãe fingia que nada estava acontecendo, ela daria um jeito de resolver a situação com os policiais se fôssemos paradas.

Quando a minha mãe chorava. Então o mundo desabava e o choro era a única coisa que existia. Aquela pigarreira e o que ela punha para fora. Algo queimava dentro de mim quando ela chorava. Podia ser que ela estivesse falando no telefone ao mesmo tempo. Toda essa responsabilidade, ela chorava, e era como se eu me colocasse inteiramente naquele choro para entendê-lo e assim poder consolar. Eu me agarrava no choro dela como se fossem fios enredados e tentava separar fio por fio, tentava conter as lágrimas com a minha presença, mas se elas jorrassem forte de nada adiantava eu aparecer, pois as lágrimas eram tão mais fortes.

Ouço o meu irmão do outro lado da parede. Ele montou um estúdio particular lá dentro. Mesa de som, alto-falantes e cabos. Às vezes ele chega em casa depois das aulas acompanhado de alguma menina bonita que ele faz cantar suas composições. Ele esvazia as suas garrafas de mijo de madrugada quando ninguém está vendo. Ele tem que escondê-las quando recebe essas visitas. Talvez as esconda embaixo da cama. O meu irmão faz o que bem entende. Sempre fez. Talvez eu também fizesse o que bem entendia. O problema é que a minha própria vontade é tão débil que não se manifesta. Se eu perguntasse a mim mesma coisas a respeito da minha vida, eu não saberia responder.

Nos dias úteis frequento a escola. No início, eu usava um vestido plissado e um casaco impermeável, com duas tranças que pareciam chicotinhos nas minhas costas. Ninguém mais se vestia assim, mas eu não dava bola para isso. Agora, uso calça de brim e blusão como todo mundo. A escola cheira a poeira e a giz e a roupa molhada. É sempre o mesmo cheiro, com a diferença que a primavera traz mais poeira e a umidade desaparece. Eu não escrevo no quadro nem nos livros. Não falar e não escrever são dois lados da mesma moeda. Não posso fazer uma coisa e não a outra. A nossa professora se chama Britta. Ela conversa por telefone com a minha mãe uma vez por semana. Elas falam sobre mim e não sei se gosto ou não disso. Os dias passam depressa demais. Vou à escola e volto para casa. O que acontece nesse intervalo guardo para mim, observo como a minha turma parece se mover como um corpo pelos dias afora, de repente alguém escapa e leva outros consigo, até que o movimento como que desacelera e vai noutra direção, mais tranquila, mais equilibrada. Escuto atentamente a tudo que a nossa professora diz e guardo as palavras em seu lugar dentro de mim. Me sento na minha mesa separada no refeitório e como sozinha. Ninguém mais fala qualquer coisa comigo, e as lembranças de mim mesma ali naquela escola, as brincadeiras, e com elas o fato de que eu era uma dessas que decidia isso e aquilo, estão esmaecendo.

O caminho de casa. Quando vejo o nosso portão, é como se uma corrente elétrica percorresse o meu corpo. As colunas de mármore e as estátuas, um homem e uma mulher que sustentam a sacada, a única que dá para a rua e que pertence aos nossos vizinhos do andar de cima. As pinturas nas paredes, os anjos no teto e a escada de pedras com fósseis. Moramos no primeiro andar. A chave na fechadura e então o corredor com o piano, que eu às vezes tocava apesar de não saber tocar. Em casa, em casa. Antigamente, eu precisava pensar no meu pai, como ele estava e o que ele estaria fazendo. Se seria um dia tranquilo, ou um dia daqueles em que ele precisava de companhia, mas agora eu não precisava mais pensar nisso. Havia a morte em meio à gente agora, ela passava por mim como um rio e eu podia atravessar aquele rio até a outra margem sabendo que estava em segurança.

Os cabelos grossos e loiros da minha mãe, a boca grande de lábios carnudos, a gargalhada dela. Tão sonora, tão animada. Tanta alegria. Com um só movimento, acima, sempre acima, ela podia me levantar e eu subia com ela, subia até o teto e até o firmamento, subíamos e continuávamos subindo juntas. Voávamos. Voávamos sobre a cidade, víamos os telhados lá embaixo e ríamos ao avistar o nosso, voávamos além, além, mundo afora. A atmosfera ia ficando cada vez mais fina e mais fria, a escuridão à nossa volta, até voltarmos e cairmos atravessando a abóbada, até a nossa casa, e estávamos em pé no chão da sala com vista para o parque. Era noite e havia tempestade. Os relâmpagos iluminavam o parque, as árvores reluziam um instante antes de a escuridão reinar novamente. A minha mãe riu do medo que eu tive dos relâmpagos. Corri até ela e chorei e depois ficamos ali em pé na sala admirando a noite atravessada de luzes e ela ria. O que mais ela fez depois? Ela me levou ao meu quarto? Sentou-se à beira da minha cama? Não me lembro.

Talvez fosse aqui que eu devesse recusar. Recusar que as lembranças voltassem. Eu estava ali sentada no escuro pensando nela, apesar de não querer pensar. Então o que é que eu queria? Eu queria me sentar em silêncio, num silêncio sem fim, vê-lo crescer e se fortalecer e dominar tudo. Era isso o que eu queria? Sim, também era.

    Olhei em volta do quarto. O beliche com o cortinado que a minha mãe costurou, a mesa de cabeceira com os livros que eu não lia mais, mas que continuaram ali. A escrivaninha e a poltrona floreada, nas quais eu deixava as minhas roupas, as que não estavam guardadas no guarda-roupa. O tapete floreado. Por que havia tantas flores no meu quarto?

    Fui até a cozinha, pois sabia que não havia ninguém lá. Peguei um copo d'água e voltei ao meu quarto, apressada. Tomei uns goles d'água e coloquei o copo na mesa. O caderno jazia ali com sua capa preta e macia. Passei a mão nele porque alguma parte gostava que ele estivesse ali.

    Na primeira vez em que fui visitar o meu pai no hospital, ele me mostrou para todo mundo: pacientes, enfermeiros e médicos. Ele ficou animado, quase que radiante, e dizia cheio de orgulho: Esta aqui é a minha filha. Esta aqui é a minha filha. Ele não conseguiu ficar quieto no seu quarto, correu para a sala de estar onde ficavam a tevê e os jogos ficavam. Eu tinha receio de olhar as pessoas nos olhos, então olhava para o chão a maior parte do tempo. Um médico forçou-o a voltar para o quarto. Senta aí e convive com a tua filha, ele disse e então fechou a porta do quarto. O meu pai como que se encolheu subitamente e disse: Eu não sei fazer nada. Eu não sei fazer nada. E continuou repetindo aquilo sem parar. Ficamos olhando para baixo, ele para as próprias mãos e eu para as minhas, até que o horário de visita acabou e eu pude sair daquela enfermaria e ir encontrar a minha mãe que ficou me aguardando na recepção.

Essa foi a primeira vez. Depois, vieram outras visitas. Isso tudo foi depois que a minha mãe disse que não queria mais ele na nossa casa, então ele foi morar noutro apartamento. Eu nunca fiquei com a consciência pesada por desejar que ele morresse. Essa era a melhor solução.

Porém, eu ficava com a consciência pesada por ele estar tão sozinho. Na nossa casa, ele ao menos tinha todos nós à sua volta, e, apesar de só ficar jogado no sofá, quando estava mais animado, ele preparava a janta depois de jogarmos cartas.

Éramos uma família radiante. A luz da minha mãe era suficiente para nós todos. A luz dela e que ela derramava sobre nós. Antigamente, eu me sentia orgulhosa da minha mãe. Ela era a mais bonita de todos nas reuniões de pais e mães. Ela papeava tanto com a professora como com os outros pais e mães. Ela os impressionava. Ninguém conseguia resistir a ela. Ao menos eu não conseguia. Mas agora eu conseguia? Resistir? Todo o meu silêncio tinha que ver com ela? Como era possível conceder a outra pessoa um lugar tão grande na nossa vida?

És apenas uma criança, a minha mãe costumava dizer me segurando pelo queixo para que eu olhasse para ela. És apenas uma criança e agora já basta. Ouviu o que eu disse? Agora já basta.

Vi o meu irmão no pátio da escola. Eu o vi e ele me viu.

──── ◎ ────

Os primeiros dias foram como uma espécie de embriaguez. Porque realmente funcionava. Porque fora tão simples. Simplesmente parar. De uma hora para outra, a minha vida mudou. Era mais do que uma recusa. Não era uma fuga. Aquilo era verdade. A verdade a meu respeito.

Acontecia de eu me perguntar como a minha voz soaria se eu um dia de repente dissesse alguma coisa. Se a voz seguia dentro de mim e apenas estava esperando, ou se havia desaparecido. Como soaria? Eu me fazia essa pergunta.

Eu me fazia essa pergunta e também me colocava a questão da responsabilidade. Eu estaria levando a minha mãe à loucura? Na maioria das vezes, ela era calma, mas quando ela explodia, era como se fosse minha culpa. Não era apenas as coisas que ela dizia, mas sobretudo que ela de repente se apequenava. Eu a apequenava. Era terrível. Talvez eu devesse, afinal de contas, voltar a falar, para que ela não desaparecesse. Se eu tivesse que escolher entre ela e eu mesma, eu não deveria escolher ela?

Eu não deveria escolher a força dela em vez da minha própria força?

Sim. Eu deveria. Apesar disso, assim eram as coisas.

O sono chegava como uma névoa escura a cada noite. Derramava-se sobre mim, deixando apenas alguns centímetros de ar entre o meu rosto e a névoa. Eu enchia aquele ar com uma prece. Sempre a mesma: Caro Deus que estás no céu. Protege a minha mãe. Faz com que ela seja feliz e não permitas que nada de mal aconteça a ela. Amém.

Faz com que ela seja feliz. Deus fazia com que ela fosse mais feliz do que eu podia fazer. A cada noite eu rezava por ela e por que Deus me ouvia eu não sei, mas ele ouvia. Eu tinha acesso a Deus. Fomos eu e Deus que matamos o meu pai. Fizemos aquilo juntos, definitivamente. Deus e eu.

Era à noite que eu andava pelo apartamento e via se tudo estava nos conformes. Que as coisas estivessem no lugar na cozinha. Que a porta da sacada estivesse fechada. Eu ficava parada um bom tempo na sala vendo o luar sobre o parque, colocava a corrente de segurança da porta da rua, ia até o quarto da minha mãe e ouvia a sua respiração profunda. Agora era impensável que eu me deitasse ao lado dela, como quando eu era pequena. A ideia me desagradava, mas eu ainda gostava de vê-la dormindo. Por alguma razão, me fazia bem saber que ela estava descansando. Que ela iria descansar até amanhã de manhã, e então iria se levantar e fazer uma batida de leite coalhado e mirtilo para mim e para o meu irmão, pegar o suco de toranja vermelha de que todos tanto gostávamos, despejá-lo nos copos e preparar sanduíches abertos, apesar de nós dois sermos, é claro, grandes o bastante para fazer isso tudo sozinhos. Ela queria estar ali de manhã, estar ali para nós dois. Ela dizia isto: Quero estar aqui para vocês. Talvez isso fosse o pior de tudo: o fato de eu não permitir que ela esteja aqui para mim. De eu não aceitar nada do que ela me dava.

Eu sempre ficava calada antes também no teatro. Isso incomodava a minha mãe, mas tinha tanta coisa acontecendo que isso sumia em meio a todo o resto. Nos dias de espetáculo, eu podia me sentar ao lado da ponto[2] do teatro e, nesse caso, é claro que o meu silêncio era extremamente apreciado. Seria terrível se eu de repente começasse a falar no salão. Inimaginável. Porém, fora isso, na coxia e nos corredores dos camarotes, ou nas salas de ensaios, quando a minha mãe falava comigo, ela apreciaria uma resposta, mas era como se me fosse impossível falar naquele edifício. Como se a única coisa possível fosse ver a minha mãe, vê-la e revê-la e voltar a vê-la. Acompanhar suas metamorfoses do início ao fim.

O silêncio sempre jazia lá como uma possibilidade. Um piso negro no qual se podia andar.

Já contei a respeito da nossa casa de veraneio? Ela incendiou. No começo, passávamos os verões e os fins de semana lá. Apertados naquela casa de férias. À noite jogávamos as redes, a minha mãe, o meu pai, o meu irmão e eu. No barco, eu sempre me sentava na proa e descortinava com o olhar a água que reluzia de manhã e que olhava azul-acinzentada para mim à noite. Segurando a apanhadeira, o meu irmão pegava os peixes que jaziam soltos na rede e trazia-os até o barco. Enchíamos o cesto com os peixes lisos:

---

2 Ponto (teatro): assistente de palco que, oculto do público, sopra os diálogos aos atores em caso de necessidade.

peixes-brancos,[3] bacalhaus,[4] de vez em quando um rodovalho,[5] e depois a minha mãe limpava-os e fazia guisado de peixe com manteiga derretida. Foi na casa de veraneio que o meu pai começou a mudar. Uma noite, não conseguíamos dormir, pois ele ficou cantando para a gente a canção do mestre de cerimônia do filme *Cabaret*[6] a noite inteira, ou então nos revezávamos jogando *gomoku*.[7] Ele bebia sem parar. No fim, a minha mãe telefonou para o hospital e uma ambulância veio buscá-lo. A primeira vez que foi internado, eu senti a paz se espalhar pelo meu corpo inteiro

---

3   *Coregonus lavaretus*: peixe de água doce do gênero *Coregonus*, semelhante ao salmão e de carne bastante apreciada, que vive principalmente em lagos alpinos e na Europa setentrional, tem a cabeça pequena e aguda, boca pequena, língua curta, lombo esverdeado e ventre prateado.

4   *Gadus morhua*: peixe demersal bastante conhecido e valioso da família Gadidæ, encontrado da linha da costa à plataforma continental do Atlântico Ocidental, com até dois metros de comprimento e até cem quilos de peso, podendo viver até os 25 anos. Sua coloração vai do castanho ao verde e apresenta manchas no dorso e tons prateados no ventre. Devido sobretudo à superexploração comercial, o bacalhau é uma espécie vulnerável na Lista Vermelha de Espécies Ameaçadas da União Internacional para a Conservação da Natureza.

5   *Scophthalmus rhombus* (também denominado linguado): espécie de peixe da família *Scophthalmidæ*, do grupo dos peixes ósseos, com um a dois metros de comprimento.

6   Filme musical (EUA, 1972, título em Portugal: *Cabaret – Adeus Berlim*) dirigido por Bob Fosse e estrelado por Liza Minelli, adaptado do musical homônimo da Broadway de John Van Druten, inspirado no romance *The Berlin Stories* (1945) de Christopher Isherwood e na peça *I Am a Camera* (1951) também baseada naquele romance.

7   Jogo de tabuleiro com peças negras e brancas e um tabuleiro de quinze interseções horizontais e verticais em que os jogadores se alternam colocando uma pedra da sua cor numa interseção vazia, sagrando-se vencedor o primeiro a formar uma linha ininterrupta de cinco pedras em qualquer sentido (horizontal, vertical ou diagonal). O nome *gomoku* deriva do japonês *gomokunarabe* (五目並べ). O jogo é também bastante popular na Coreia e denomina-se *omok* (오목五目) em coreano. Originou-se na China antiga como *wuxiqi* (五子棋) e foi levado à Inglaterra no século XIX com o nome *Go Bang*, espalhando-se de lá para outras partes do Ocidente.

como uma onda de calor. Ele foi embora. Então ele foi embora e eu não havia compreendido que era isso que eu desejara o tempo todo, que ele desaparecesse.

Vi fotografias da casa incendiada. Um garoto da rua tirou fotos com a sua câmera. Vi as chamas, como o fogo se lançou sobre a casa com toda a sua intensidade, tomou a casa de assalto. Eu e o meu irmão demos a volta em torno do monte de cinzas mais tarde e a pergunta que cada um de nós se fazia com seus botões estava ali no ar que respirávamos, mas jamais foi colocada em palavras. Foi o nosso pai? Foi o nosso pai que botou fogo na casa?

Entre o meu irmão e eu havia toda uma série de perguntas assim.

O meu irmão lidou com a morte do nosso pai como se fosse algo óbvio. Foi ele que atendeu à ligação da enfermeira. Ela pediu para falar com a nossa mãe, mas ela não estava em casa. Diz assim mesmo, o meu irmão falou. Aconteceu algo com o meu pai?

Ele certamente soava mais velho do que era no telefone, pois a enfermeira lhe contou tudo. O nosso pai estava lá fazia três semanas, ninguém perguntou por ele. Foi a enfermeira quem o encontrou. Não tinha aparecido nos últimos encontros e um médico pediu que a enfermeira fosse até a casa dele, uma vez que também não respondia aos telefonemas.

Ele morreu. Havia de repente um enorme espaço livre dentro de mim. Um espaço que o silêncio ocupou. Inicialmente, eu senti uma paz imensa e percebi que aquilo era o que eu sempre desejei.

Eu nunca contei a ninguém sobre mim, Deus e o meu pai. Essa certeza eu tinha que carregar sozinha.

O que mais os pensamentos diziam? Eles ficavam à espreita e se lançavam em cima de mim. Eram barulhentos e comecei a agitar as mãos como quando as agitamos tentando espantar as moscas. Eu tentava espantar os pensamentos. Não queria saber deles, mas eles eram fortes, os pensamentos. Não sabiam que eu era só uma criança. Que eu não tinha nada com que resistir. Imaginei uma vida inteira de pensamentos e vi que era impossível. Tentar deter o tempo é perigoso. Pois as coisas não desaparecem. Devo parar por aqui.

Essa era uma pergunta que eu me fazia. O que é ser um adulto? Como a gente sabe que se tornou um adulto? O meu pai estava no barco pescando quando a casa de veraneio pegou fogo. Quando ele voltou, a casa já ardia em chamas. O que ele terá pensado então? Quando viu o seu sonho ardendo? O meu pai adorava pescar. Também fazíamos passeios às ilhas. O cesto de piquenique sempre estava cheio. Ela cuidava de tudo, a minha mãe. Refresco e sanduíches abertos, café e bolachas. Explorávamos a ilha e depois lanchávamos. Aprendi a remar quando a gasolina acabou um dia em pleno mar. Eu e o meu irmão nos sentamos cada um com um remo e cindimos a água juntos. Sentávamos juntos. Todos. Agora não era mais assim. Será que eu sempre tive medo do meu pai? Sim. Sempre.

Eu muitas vezes o via morto diante de mim. Eu imaginava o momento em que ele morreu. Como o coração parou de bater de um segundo para o outro. O último suspiro dele. Imaginei que ele estava feliz, mas esse era um pensamento absurdo. A quanto tempo ele estava no apartamento? A quanto tempo ele não falava com alguém? Era a solidão que se mostrava mais intensa quando eu o via diante de mim.

Eu queria desenhá-lo morto, mas não consegui. Eu queria desenhar os traços finos do rosto dele. O olhar vago.

Uma vez, esqueci das minhas chaves. Eu estava apertada para mijar desde o término das aulas e voltei para casa correndo. E na frente da porta de casa, sem as minhas chaves, toquei a campainha desesperadamente, mas, quando o meu irmão abriu, eu já tinha me mijado. Uma poça enorme ali na escadaria e eu chorando. Então, o meu irmão me trouxe roupas limpas e me colocou na cama. Como se eu estivesse doente. Depois, ele foi limpar a escadaria.

A escuridão estava por tudo. A escuridão cheirava. Cheirava a pavor e a alguma coisa doce. A escuridão era o que jorrava da torneira e enchia a banheira. Eu lavava os meus cabelos na escuridão, o meu corpo, a mim por inteiro. Eu me alimentava de escuridão e o meu âmago era tingido por ela. A escuridão foi se instalando pouco a pouco. Só a minha mãe ainda era radiante. A escuridão se desviava dela. Ela seguia andando em volta impassível como se nada estivesse acontecendo. Apesar de a testa dela agora estar franzida. Somos uma família radiante, ela exprimia, tão resoluta como sempre. Eu ficava me perguntando se ela sequer chegava a ver a escuridão. Será que a escuridão a assustava? Se aquilo era uma recusa em enxergar, ou se para ela a escuridão de fato não estava lá.

Eu tinha uma faca guardada na gaveta da escrivaninha. De vez em quando eu a tirava da gaveta para olhar. Sentia com os dedos o gume afiado. Era uma faca fileteira, que usávamos para limpar o peixe, mas como ela fora de repente parar no corredor, ostensivamente à vista lá no peitoril da janela, isso eu não sei. Porém, trouxe-a para o meu quarto e guardei-a na gaveta e me tranquilizava saber que ela estava ali. Eu tinha uma faca. Acontecia de eu a tirar da gaveta e colocá-la em cima do caderno. Então era possível perceber o quão afiada ela era. Eu me perguntava se algum dia teria que usá-la.

Ouvia-se claramente o som do contrabaixo vindo do quarto do meu irmão. A parede vibrava e talvez ele estivesse nesse exato momento acrescentando o contrabaixo aos demais instrumentos que tocava no computador. O contrabaixo era o único som que se ouvia agora. A minha mãe demonstrava desde sempre um interesse pela musicalidade do meu irmão. Ela comprou tudo que ele apontou na loja de instrumentos musicais e não era pouca coisa. Ele tocava guitarra e piano, eu nunca o ouvi praticar. Um dia ele simplesmente sabia tocar.

Antigamente, eu fazia o vocal, gravava no microfone e então ele mixava a música e nós ouvíamos todos juntos, a minha mãe, o meu irmão e eu. A minha mãe sempre dizia o mesmo: que o meu irmão era brilhante e como eu cantava tão bem. Ela achava um bom sinal nós dois termos talento musical. Isso combinava com a família radiante que éramos. Agora, faz muito tempo que o meu irmão não nos mostra mais nada. Ele mantinha a minha mãe definitivamente do lado de fora do seu quarto com o ferrolho e jamais me ocorreria ir bater à porta dele. Ficávamos cada um na sua. A minha mãe ia e voltava do teatro, sem que eu soubesse que papel ela fazia naquele momento. Quando ela voltava para casa, tarde da noite, eu quase sempre estava dormindo, ou então eu a ouvia chegando mas não me levantava. Tudo isso devia minar a capacidade dela de ver luz na existência. O silêncio à minha volta crescia e se tornou também o silêncio deles. A minha mãe ainda falava comigo, mas não esperava qualquer resposta. Acho que ela ficaria assustada se eu de repente dissesse algo. É como se cada situação buscasse o equilíbrio. Cada encontro em frente à geladeira, cada hora era algo que precisava se equilibrar com relação a outra coisa. Viver juntos talvez fosse exatamente isto, mover o ponto de equilíbrio para cá e para lá até que todos conseguissem se encaixar em torno dele. Havia várias maneiras. Uma não era pior do que a outra.

Eles seguem crescendo, a minha mãe podia dizer de repente a uma amiga ao telefone. Eles estão ficando gente grande. Mas isso era só um subterfúgio. Não era isso o que estava para acontecer. Ainda não.

O que é que estava para acontecer? Era que, agora, depois que o nosso pai desapareceu e deixou de ser uma ameaça, estávamos nos apartando uns dos outros? Era ele que nos mantinha unidos? Por que eu não fazia mais parte da minha família?

Meu bom Deus. Protege a minha mãe e faz com que ela seja feliz. Amém. A felicidade dela era o mais importante de tudo. Eu podia ter feito muito mais. Podia ter falado com ela. Ser o que eu era antigamente na escola. Eu podia ter enchido o apartamento de vozes e vida. Será que alguma vez pensei como a vida seria sem ela? O que eu e o meu irmão faríamos sozinhos? Esse pensamento era tão terrível que nem podia ser pensado. Ela era tudo para mim. Sem ela eu não poderia existir. Eu sabia disso.

Eu já tive uma vida. Será que eu ainda a tinha? A minha recusa era maior do que eu jamais fui. O silêncio transbordou de dentro de mim e se instalou em tudo dentro da nossa casa. O silêncio entrou pela boca da minha mãe e transformou as palavras. Ela falava cada vez mais economicamente. Tens fome? Tomaste banho hoje? Já fizeste os teus deveres?

Antigamente, as palavras jorravam para descrever o mundo. Para expressar a alegria dela de estar viva.

Como ela foi parar no teatro? A minha mãe e o meu pai viviam juntos lá no norte, ela era secretária da companhia ferroviária e ele, engenheiro. Ele tinha as pescarias e o futebol, um trabalho de que gostava, e então ela chegou e atrapalhou tudo. A vida, tão breve, talvez ela tenha dito. Então ela vai ser assim? Ela pegou o trem para o sul do país, até a capital, tentou uma vaga na melhor escola de dramaturgia do país e foi aceita. Na cara e na coragem. A turma dela apareceu no noticiário da televisão, e o meu pai e a minha avó materna e todos lá no norte a viram na tela, sentada na escadaria de pedra do Régio Teatro Dramático[8] acenando para a câmera junto com os demais colegas. Eles se mudaram para a capital e ela começou a sua nova carreira. O

---

8   *Kungliga Dramatiska Teatern*: fundado em 1788, é o teatro nacional da Suécia e principal plataforma de montagens dramáticas no país. Fica no largo Nybroplan, na região central de Estocolmo.

meu pai encerrou a sua e a acompanhou. Esse foi o começo da ruína dele. Ele nunca deu conta da vida na cidade, apesar de logo arranjar um novo emprego e ter sustentado a minha mãe no período em que ela estudava dramaturgia.

    Eu contava tudo a minha mãe. Ela arrancava de mim cada pormenor de como eu estava me sentindo. Era uma benção enorme que ela sempre visse em mim como eu estava me sentindo e juntas conseguíamos resistir e sobreviver, até o mal ficar totalmente isolado e diminuto e desaparecer por si só na luz, na luz dela. Ela tomava para si todo o mal e o fazia desaparecer. Ela era uma feiticeira que brincava com a luz pelas paredes, ela adentrou nas dobras do meu cérebro e no meu estômago onde o mal se instalou primeiro. Ela me afagava por dentro e me libertava. Quando foi que isso acabou? Como consegui me livrar disso? Me livrar dela?

    Era essa a diferença entre ser criança e ser adulto? Ser ou não capaz de fazer a luz entrar? O que eu era agora? Eu não era adulta. Também não era criança. Eu ainda não era adolescente, portanto ainda era criança. Uma criança aferrada à escuridão. Era terrível.

    As paredes se moviam durante a noite. Enfunavam e desenfurnavam. Como se estivessem respirando. E colocava minhas mãos nelas, na tentativa de mantê-las paradas, mas elas continuavam respirando, sem dar bola para mim. Por vezes, eu me sentava na sacada durante a noite e ficava admirando as estrelas. Procurava as constelações que eu conhecia. Não eram muitas: o Grande Carro,[9] a Ursa Maior[10] e a Ursa Menor.[11] Quando eu era pequena, levávamos colchões e cobertores para a sacada no verão e dormíamos a céu aberto. Numa noite, o meu pai subiu até a sacada trepando pelo cano da calha. Ele estava farto de ficar no seu apartamento, mas a minha mãe tirou dele a cópia da chave da nossa casa. Os olhos dele reluziam na madrugada quando alcançou a sacada e nos entreolhamos. Ele sempre podia aparecer do nada. Ele sempre aparecia do nada. Os seus olhos escuros naquela madrugada. O olhar que imediatamente me fez calar. Como se ele fosse nos matar.

Uma vez, quando voltamos de uma visita à nossa avó materna lá no norte, o apartamento inteiro estava tomado de gás. O meu pai abriu o registro do gás e o ar estava absolutamente pesado e irrespirável. A minha mãe saiu correndo até a rua comigo e com o meu irmão e nos disse para esperarmos lá. Depois, ela voltou correndo

---

9   Também denominada Caçarola ou Carro de Davi, é um asterismo de sete estrelas (as mais brilhantes da constelação Ursa Maior) reconhecidas como grupo distinto em várias culturas.
10 Constelação grande e bem conhecida do hemisfério celestial norte, também denominada Caçarola (França), Arado (Inglaterra), Burocrata Celestial (China), Sete Sábios (Índia), Carruagem ou Carroça de Charles (Europa medieval) ou Carro de Odim (mitologia nórdica).
11 Constelação do hemisfério norte que engloba a Estrela Polar, estrela mais próxima do polo norte celeste.

ao apartamento, fechou o registro do gás e abriu as janelas. O meu irmão no meio da rua segurando a minha mão. Ele disse: Sabes que a nossa mãe pode morrer. Mas então ela voltou a sair e fomos até um café onde comemos até passar mal para comemorar que havíamos sobrevivido. Porém, mais tarde, à noite, ouvi ela conversando com o meu pai no telefone. Estavas tentando nos matar?

A noite era clara e fazia frio ali naquela sacada. Tínhamos duas cadeiras de vime com almofadas e uma mesinha com luminária. A minha mãe tinha o hábito de fumar um cigarro na sacada depois do jantar e eu costumava observá-la da cozinha enquanto lavava a louça. Eu só via a fumaça subindo e a parte de trás de sua cabeça loira. Talvez ela estivesse sentada com os pés apoiados no peitoril da sacada. Talvez ela estivesse tentando relaxar e descansar de tudo aquilo. A solidão da minha mãe era algo em que eu não podia sequer pensar.

O meu medo de que ela não viesse direto para casa depois dos espetáculos. O choro quando começava a ficar tarde. Onde é que ela está? O que foi que aconteceu? Provavelmente, ela só foi beber alguma coisa com seus colegas. Era raro ela chegar tarde, mas, quando acontecia, era isso que eu imaginava. Pensava no relógio que apenas devorava as horas e minutos e nela que ainda não estava em casa. Eu ficava deitada no sofá da sala só esperando. Esperando e esperando. Eu ainda faço a mesma coisa, só que na minha cama, e as lágrimas não chegam. O alívio quando ouço a chave dela girar na fechadura ainda é o mesmo. Ela sobreviveu. Ela ainda está viva.

Antigamente, jamais cheguei a pensar como era óbvio que ela precisava encontrar outras pessoas além de mim e do meu irmão. Esse foi um pensamento novo que surgiu do silêncio com uma compreensão totalmente diferente. Ela queria estar junto com outros adultos. Não era nada de se estranhar.

Acontecia de eu pensar que a estava punindo. Que eu me voltava contra toda e qualquer luz com a minha escuridão.

Eu jantava no meu quarto. Buscava um prato feito na cozinha com arroz e carne, frango ou peixe. Sempre alguma comida feita na hora. A comida eu não conseguia recusar. A minha fome era grande demais e pensei que eu crescia a cada bocado que comia. Que o meu crescimento precisava ser nutrido e não podia ser interrompido. Eu já era a mais alta da minha turma. Depois de ter sido uma das mais baixas, eu estava espigando e era desagradável crescer assim, descontroladamente. Eu importunava Deus também com o meu crescimento e pedia para parar de crescer de uma maneira tão violenta. Sabia que falando eu podia refrear o meu crescimento. Da forma como a situação estava, o meu crescimento tinha rédeas soltas, sem qualquer percalço pelo caminho.

A minha mãe deixava uma bandeja com a comida na frente da porta do meu irmão. Quando ninguém estava olhando, ele abria a porta e pegava a bandeja. Então, ele passava o ferrolho outra vez e comia. Ele nem precisaria daquele ferrolho. Nem a minha mãe nem eu sequer pensávamos em entrar lá.

Porém, acontecia de a minha mãe entrar no meu quarto. Ela podia ficar por um bom tempo parada no meio do quarto olhando em volta. Quase que estremunhada. Como se tivesse dificuldade de absorver o que via. O olhar dela me envolvia e me aquecia ali, sentada na poltrona. Se eu estivesse sentada na beira da cama, ela podia se sentar ao meu lado e passar a mão nos meus cabelos. Está tudo bem?, ela podia perguntar, me olhando antes de no instante seguinte ficar outra vez ensimesmada. Estás tomando ar fresco o bastante? Não devias ir um pouco ao parque? Eu quase nem me mexia. Com a máxima cautela, eu fazia que sim ou que não com a cabeça. Faz o que achar melhor, ela dizia então e depois saía. O quarto precisava se recompor depois das visitas dela. Se acalmar e recuperar o fôlego. Eu colocava a mão na parede, empurrava-a para ver se ela cederia, mas ela opunha uma ligeira resistência. Ela sempre deixava o seu cheiro ao sair. Um cheiro de corpo doce, bem característico dela. Abri a janela de frente para a castanheira e para o céu noturno. Me sentei no peitoril da janela e descortinei o jardim, o pequeno gramado em volta da árvore e o caminho de saibro que dava a volta e ia do portão de ferro até a porta de entrada. O Volvo antigo do zelador que ficava parado na vaga coberta e só circulava numas poucas noites de verão.

Às vezes eles conversavam. A minha mãe e o meu irmão. Acontecia de eles rirem juntos e eu tentava não escutar. Eles tinham algum tipo de entendimento. Mas sempre segundo as premissas do meu irmão. De vez em quando ele precisava sair do seu quarto. De vez em quando ele precisava conversar com a nossa mãe. A respeito de música, escola, garotas. Ele conheceu alguém e queria que ela viesse para que a nossa mãe a conhecesse. Ele sentia orgulho dela, era evidente. Eu me perguntava se ela conseguiria mudar alguma coisa. Ela conseguiria mudar o meu irmão? Amenizar, aplacar a raiva dele? Fiquei aguardando ansiosamente a visita dela. Eu queria ver ela e a minha mãe juntas.

O meu irmão parou de passar o ferrolho na porta. Um dia antes da visita dela, ele deixou a porta aberta. Escutei ele indo de um lado para o outro com o aspirador de pó e as garrafas sendo retiradas do quarto. Decidiu dar um passo e entrar no mundo. Ele tinha terminado algum ciclo.

A minha mãe a convidou para jantar. Era a sua noite de folga e ela perguntou ao meu irmão o que eles gostariam de jantar. Nada de especial, ele respondeu simplesmente, mas o ouvi rir ao dizer aquilo. A vida de volta ao nosso apartamento. Não apenas os alunos da minha mãe, mas sim uma convidada de verdade. Pairava uma camada pesada de expectativa na cozinha, onde a minha mãe preparava um quiche de camarão. Um quiche de camarão, está de bom tamanho? Era como se o meu irmão tivesse dado a ela um presente. Finalmente uma pausa no nosso cotidiano. Achei que era melhor eu ficar na minha, para que o meu irmão não tivesse que apresentar a ela a sua irmã. Não ter que mostrar uma coisa estranha já de saída. Porém, eu estaria incomodamente próxima se eles estivessem na cozinha e achei que a minha mãe com certeza iria pensar o mesmo e pôr a mesa na sala.

De repente ela estava lá. Sentia-se isso em todo o apartamento. A atmosfera ficou diferente e pude sentir que ela também era radiante. Que o meu irmão encontrou uma garota que se parecia com a nossa mãe de diversas maneiras. A voz dela que subia e descia em harmonia com a da minha mãe e a do meu irmão. Ainda assim era estranho, pensei. Que ele a trouxesse aqui.

Eles jantaram na sala. A minha mãe já tinha posto a mesa. Não consegui ouvir nada do que eles conversaram. Fiquei escutando, mas ouvi apenas um murmúrio fraco vindo da sala. Se eu queria ter jantado com eles? Não. Ainda não. Talvez ela viesse outras vezes. Então, mais cedo ou mais tarde, seríamos apresentadas. Talvez eu apertasse a mão dela.

Eu estava sentada na cozinha quando a minha mãe entrou para ligar a cafeteira. Pude ver que ela ainda era feliz. Queres comer a sobremesa conosco? A voz dela me pegou em cheio. Eu não estava preparada, apesar de ter visto ela entrar. Voltei para o meu quarto. Para minha surpresa, a minha mãe me seguiu. O nome dela é Vendela, a minha mãe disse. Talvez a conheças? Não, não, não a conheço. Fazia muito tempo que eu não folheava o guia de alunos da escola para estudar os rostos dos alunos mais velhos. Não quer descer para cumprimentá-la? A minha mãe enlaçou o seu braço no meu e foi me conduzindo de leve na direção do corredor da sala. Não opus qualquer resistência. Me deixei levar pelo corredor em direção à sala. Vi os dois sentados à mesa, o meu irmão e a tal Vendela. Eles olharam para mim e eu então percorri por conta própria os últimos metros até ela. Ela se levantou e como que recompôs os traços do rosto. Depois, ela estendeu a mão para mim e eu a apertei. Nenhum de nós disse qualquer coisa. Para minha surpresa, foi o meu irmão que se levantou e disse: Vendela, esta é minha irmã, ela não fala. A Vendela sorriu para mim. Não consegui sorrir de volta.

Devorei o sorvete e fiquei olhando para o prato. A minha mãe continuou conversando com a Vendela e com o meu irmão. Eles falavam sobretudo a respeito da escola e a voz da Vendela subia e descia conforme mencionavam certos assuntos. A minha mãe estava brilhante. Veemente e calorosa. O meu irmão estava alegre, para minha surpresa. Nossos olhares se encontraram durante o sorvete e ele estava completamente desarmado. Eu nunca o tinha visto assim antes e respirei fundo, pois senti que algo que eu vivera até então era agora coisa do passado. Que algo novo começou e que eu não sabia o que era. Desejei intensamente voltar a como as coisas eram antes da Vendela. Cada um de nós no seu próprio silêncio. Agora tudo era um turbilhão à minha volta. Tudo se abria e eu não queria isso. Eu devia me tornar ainda melhor em me fechar em copas caso as coisas fossem agora ser assim. Me levantei da cadeira e saí da sala. Eles continuaram conversando às minhas costas. Era como se eu não existisse. Eles estavam decididos, a minha mãe e o meu irmão. Eu não iria estragar nada.

No meu quarto, as paredes se enfunavam e eu não fiz nenhuma tentativa com a mão, apenas me joguei na cama e me enfiei debaixo do travesseiro. Mesmo assim, escutei quando o meu irmão e a Vendela entraram no quarto dele. Escutei as duas vozes e que o meu irmão colocou música para tocar. A voz da Vendela cantando ecoou até o meu quarto. Eles tinham gravado aquilo enquanto eu ainda estava na aula? Estava bonito, tanto a música quanto a voz dela como que oscilavam caprichosamente pelo ar. Os dois riram de alguma coisa e me perguntei se o meu irmão estava feliz com a presença dela ali, ou se ele não via a hora de aquilo acabar. Talvez as duas coisas, pensei, puxando o cobertor até a cabeça.

Quando voltei a acordar, era madrugada. Me sentei na cama e senti como se tivesse perdido algo importante. Quando e como ela foi embora? Pois ela tinha ido embora, não tinha? Ela não estava lá dormindo lado a lado com o meu irmão na cama dele, né? Fui até a cozinha, depois até o corredor, passando pela sala até o corredor que dá para a porta da frente. Os sapatos dela não estavam lá. Então ela foi embora.

Voltei para o meu quarto. A madrugada era a parte do dia de que eu mais gostava. Todo aquele silêncio e a sensação de que tudo se detinha para voltar a se mover ao amanhecer. A escuridão na qual se podia repousar. Não havia nada que era preciso fazer ou deixar de fazer. Uma bonança. O meu irmão e a minha mãe estavam dormindo. Eu podia me sentar na poltrona e não fazer nada. Como foi a despedida deles? Ele a beijou com a gente ali no apartamento? Tão perto. Ou simplesmente a abraçou e aspirou o perfume dos cabelos dela?

A madrugada era como uma amiga. O silêncio não tinha nada de especial na madrugada. E a solidão era espontânea. Não como durante o dia quando o meu silêncio era como que uma resposta à minha mãe ou ao meu irmão. Eu e a madrugada éramos uma coisa só e falávamos a mesma língua. Respirávamos o mesmo silêncio. Era como quando eu era pequena e me sentava no colo da minha mãe depois de um espetáculo. Como eu conseguia adormecer ali no colo dela, despreocupada da vida. Simplesmente se entregar e mergulhar no sono. A minha mãe me deixava no sofá do camarote enquanto se preparava para entrar no palco. Tirava a maquiagem e passava creme, tirava a touca de meia-calça sob a peruca com todos aqueles grampos que ela então guardava num vidro. Tudo isso eu meio que via em pleno sono como quando vemos algo acontecendo na superfície da água enquanto nadamos vários metros abaixo. Algo se move na superfície, mas estamos muito abaixo, sentimos apenas uma pressão nos ouvidos. O último cigarro que ela fumava antes de me acordar e então íamos até a recepção e chamávamos um táxi. Eu entrava meio dormindo no elevador e descia aqueles seis andares e já no táxi me deitava no colo da minha mãe. Aspirava o perfume dela e o cheiro de couro do carro. A claridade noturna no trajeto. As luzes pendendo nos postes como pequenos sóis. A porta do táxi que então se fechava às nossas costas. O ar gelado e os poucos passos até a entrada da casa. A escadaria que levava ao apartamento e a minha mãe que me colocava na cama de roupa e tudo. Eu estava acordada e não estava acordada. Como agora.

  Pai. Estás aí? Sim, estou. O que achas da Vendela? Não te preocupes com ela. Fica na tua como de costume. Será que devo voltar a falar? A minha mãe está pensando em me levar a um especialista. Vais dar conta disso, tesourinho. És mais forte que eles. Sou mesmo? Sim, muito mais.

A madrugada se enrodilhou em mim, me puxou para a cama com a sua escuridão. Comecei a escutar a respiração que ia ficando cada vez mais lenta e então entrei no sono, levantei o vestido até os joelhos e fui vadeando até a ilha onde costumávamos ir lá no interior. A ilha que a minha mãe escolheu porque lá havia uma praia de nudismo. Só mulheres e crianças iam lá. A água ao mesmo tempo doce e salgada, fria e quente contra o meu corpo nu. Eu nadava o tempo todo entre a ilha e o cais. De um lado para o outro. O corpo que ganhava impulso a cada braçada e como que disparava. Sempre fazia sol. As almôndegas prontas deixadas para descongelar sob o sol e os sanduíches abertos de patê de fígado e pepino fatiado nos saquinhos laminados bem no fundo da bolsa térmica ficavam praticamente se desmanchando, mesmo assim sempre eram uma delícia. A garrafa com o refresco com gosto de morango e plástico derretendo. Toda aquela nudez era perturbadora. O corpo da minha mãe e os das vizinhas. Toda aquela pele. E a minha própria nudez. Eu me escondia atrás da toalha ao sair da água. A minha mãe ria. A minha menina é encabulada. Todas achavam aquilo engraçado. Todas riam de qualquer coisa que a minha mãe dizia. Elas a admiravam. Era impossível não admirá-la.

    Eu não me atrevia a olhar para aqueles corpos. Em vez disso, os meus olhos se esquivavam e se fixavam na água. O meu pai estava na casa de veraneio preparando as redes. Ele as chacoalhava para desenredá-las e então as pendurava entre dois pregos. Costurava os buracos se houvesse algum. Ele já tinha filetado os peixes, mas as tripas e as escamas continuavam jogadas cozinhando sob o sol.

Eu preferia pensar no meu pai assim. No barco. Na pescaria. Nisso ele era um verdadeiro mestre. O resto era tão caótico. Tão pavoroso. Aqueles olhos na escuridão trepando pelo cano da calha. Ou quando estávamos na casa da nossa avó materna. De repente ele simplesmente aparecia por lá. Sentou-se à mesa da cozinha com a cólera latejando em seu corpo. Ou talvez fosse desespero. Foi impossível colocá-lo para fora. Nem pensem em tentar, ele disse, olhando um por um de nós. A minha mãe podia ter despencado, se estatelado no chão. Ela se esforçou para mantê-lo longe, mas agora ele simplesmente estava lá. Acontecia de darem alta a ele do hospital sem telefonar antes para a gente. Muito antes de ele estar recuperado outra vez. É difícil manter alguém internado contra a vontade. Critérios específicos precisavam ser cumpridos. O nó no estômago cresceu e se transformou num punho fechado pulsante quando eu o vi. Quando ele me viu. Obviamente ele viu que ficamos com medo e isso o deixou furioso. Afinal, não havia nada de errado com ele. Era com a nossa mãe que havia algo de errado. Ela era uma histérica que queria mantê-lo trancafiado. A minha avó materna, confusa, serviu café fervido[12] e pãezinhos caseiros. Ela ia e voltava entre o fogão a lenha e a mesa com a jarra de café. Ah, o Stig também veio? Tomem um cafezinho. Tens que aceitar que estamos separados, a minha mãe disse então ao meu pai. Se um não quer, dois não brincam. Não podes forçar a barra e ter tudo outra vez. Porque era isso o que ele queria. Ter a nós todos outra vez. Ele não conseguia encarar o divórcio de frente. Para ele, aquilo não existia. Não podíamos continuar vivendo sem ele. Sim, podíamos. E muito melhor. Será que foi na casa da minha avó materna lá no norte que comecei a pedir a Deus?

Pensei que eu mesma poderia matá-lo. Será que eu conseguiria pôr as mãos na espingarda de caça do meu tio materno? Eu fantasiava que enfiava a faca no peito dele e a revirava. Não era algo que eu desejasse fazer, mas o desaparecimento dele era tão importante que talvez fossem necessárias medidas extraordinárias. Eu era criança, não iria parar na cadeia. O que poderia me acontecer se eu matasse o meu pai? Iriam me tirar da minha família? Eu não tinha certeza, então decidi em vez disso rezar. A morte dele estava ao meu alcance. Eu sentia isso. Ele estava sempre nas proximidades por sua espon-

---

12 *Kokkaffe* (literalmente "café cozido"): método alternativo de preparo do café, usado na Suécia e noutros países, no qual o café moído grosso é acrescentado diretamente à água fervente e deixado cevar por alguns minutos.

tânea vontade. O incêndio. A calha. Ele trepava no telhado bêbado e muitas vezes se envolvia em brigas. Ou então ele próprio daria um jeito nisso quando o pêndulo virasse e ele ficasse calado e tomado de ódio por si mesmo. Ele podia se enforcar, ou se jogar da sacada. Eu só precisava de um pouco de tempo e da ajuda de Deus. Querido e bom Deus. Faz com que o meu pai morra. Desejo que ele morra e o Senhor irá me ajudar. Vamos fazer isso então. Juntos. O Senhor e eu. Vamos matá-lo. Esse é o meu maior desejo. Amém.

Toda noite a mesma oração. Todos os dias e todas as noites deste mundo. As mesmas palavras. O mesmo pedido. Até a própria noite em que ele, de fato, morreu dormindo. Naquela noite, ele se estirou até mim. Ele chegou como uma luz no meu sonho e estendeu a mão. Acho que foi na hora em que ele morreu. Acho que foi até mim que ele se estirou. Será que ele não soube, ao morrer, que fui eu que fiz aquilo? De toda forma, ele se estirou até mim.

Era como se todos nós respirássemos aliviados depois da morte dele. De maneiras diferentes. A minha mãe ficou aliviada, apesar de se preocupar um pouco, pois agora eu e o meu irmão éramos órfãos de pai. Foi mais difícil para o meu irmão. Ele tinha várias boas lembranças às quais se aferrou, das quais ele não conseguia se desfazer. Talvez ele estivesse com um peso na consciência por sentir um alívio? Para mim era simples. Desde o momento em que o meu irmão ficou lá parado com o telefone na mão e disse que o nosso pai tinha morrido, eu me tranquilizei.

É verdade? Sim. Uma parte de mim se tranquilizou. A parte que tinha que ver com ele. Não poderia haver um final melhor do que o que de fato aconteceu. Mas e a solidão dele? E as três semanas que ele simplesmente ficou lá, morto? Sim. Também. Isso também foi certo.

Às vezes, me pergunto se sou uma pessoa cruel. Se falta algo dentro de mim. Empatia. Será que falta alguma coisa em mim? Alguma coisa importante.

A morte do meu pai foi um triunfo meu e de Deus. Foi a nossa primeira colaboração.

Mas eu acreditava em Deus? Sim. Acreditava. Eu acreditava em Deus com toda a minha força. Nada mais existia.

Não éramos na verdade uma família sombria? Atormentada pelos segredos e pela angústia? No entanto, restava a minha mãe com a sua natureza essencial. O fenômeno da natureza que ela era. Que resistia a tudo.

Antigamente, eu dizia que o céu era parecido com as árvores. Que a terra tinha sendas que desciam até o inferno. Que o diabo em pessoa ficava lá sentado ouvindo o que as crianças diziam umas às outras. Eu dizia que ele já as tinha no papo mesmo que ainda fossem pequenas. Eu dizia que o castigo eterno era parecido com a vida que vivemos agora, que apenas se repetia infinitamente. E também as mentirinhas inocentes: eu dizia ser assistente do professor de equitação e que eu tinha três cavalos só meus, que eu tinha um tubarão na banheira de casa. Não consigo entender o que é que eu pretendia com essas mentiras, mas o fato é que elas jorravam de dentro de mim a cada vez que abria a boca na escola. Era inevitável. Eu era indefesa diante daquelas mentiras, como se fosse uma criancinha pequena. Na verdade eu era muito maior. Agora eu vivo na verdade. Nem mesmo os meus pensamentos estavam maculados pela mentira. Ou será que eu ainda mentia a respeito de algo? Algo que eu não conseguia enxergar.

Era madrugada e o meu irmão estava apaixonado. A minha mãe com certeza dormiu feliz depois daquela visita. Tudo tinha saído à perfeição. Eu era a única que tinha saudade das coisas como eram antes. Do que eu tinha saudade? Da inércia. Do silêncio. Do que mais? Quando eu pensava no fato de que um dia teria que voltar a falar, eu sentia um nó no estômago. O que valeria a pena pronunciar em voz alta ali dentro? O que seria tão importante assim? Aquele papo de especialista surgiu de repente como uma surpresa. Ou seja, a minha mãe não ia me deixar em paz. Ou seja, as coisas não iriam se resolver por si mesmas. Era preciso um especialista. Será que ela já tinha entrado em contato com ele ou com ela? A consulta já estaria marcada e a minha mãe guardou aquilo em segredo? Será que ela pretendia me surpreender um belo dia dizendo de repente que iríamos a uma consulta? O que é que eu iria fazer no consultório de um especialista? Como seria a sala de espera? Fui logo imaginando uma sala de espera, não muito diferente da sala de espera do Odvik, o nosso dentista, com jogos e jornais, mobiliada com capricho no vestíbulo de um apartamento na praça onde a minha mãe costumava comprar flores e frutas. O que aquele ou aquela especialista iria dizer? E a pergunta mais importante: Será que a minha mãe também participaria comigo na consulta, ou eu estaria sozinha com ele ou com ela? Como ele ou ela iria se dirigir a mim, como iria me chamar?

Antevi aquilo tudo diante dos meus olhos. Como o especialista apertava o meu corpo, como que batendo às portas do meu corpo para ver se ele atendia. Como o especialista falava simpaticamente comigo, como se falasse com uma criança muito mais nova que eu. Como aquela recusa surgiu? Acontecia de eu me distrair e falar de vez em quando? O que aconteceu imediatamente antes de eu decidir parar de falar? Eu olharia para o ou a especialista, tentando entender quem ele ou ela era, no que ele ou ela estava pensando e o que havia por trás daqueles pensamentos. A vontade. A vontade do ou da especialista iria medir-se com a minha, e qual delas seria mais forte? Sempre a mesma questão quando se trata dos seres humanos. A vontade de quem é mais forte que a do outro? Como eu faria para obedecer à minha vontade? Eram perguntas demais para tão poucas respostas. No entanto, a verdade é que ninguém podia me forçar. Nem a minha mãe e muito menos um especialista qualquer. Aquilo era irremediável. Que a minha recusa era mais forte e mais óbvia do que todas as tentativas deles. Só agora eu me tornei visível a mim mesma. Tudo o que eu já disse e já fiz parecia tão anormal, como se eu me afastasse passo a passo da pessoa que eu era a cada vez que dizia alguma coisa. Agora era muito melhor. A Vendela. Ela me assustava de verdade? A presença dela na nossa casa me afetou em algo? Me afetaria em algo se o apartamento estivesse cheio dos amigos do meu irmão, todos os quais queriam algo do outro? Não. Não me afetaria em nada. Realmente nada. Eu precisava me fechar em copas cada vez mais. Simples assim.

Um dia, encontrei umas fotografias dela. Elas jaziam desordenadas sobre a mesa da cozinha. Só pude achar que o meu irmão queria que víssemos aquilo. Do contrário, ele teria guardado noutro lugar. Ela aparecia nua nas fotos. Numa delas, ela ria de orelha a orelha, deitada com as pernas abertas na cama do meu irmão. Noutra foto, ela estava de quatro. O traseiro dela ocupava a foto inteira. Era impossível parar de olhar para aquelas fotos que deviam ter sido tiradas pelo meu irmão. A boca e toda a nudez dela. Algo ardia dentro de mim enquanto eu espiava aquelas fotos. Tinha algo que ver com a vida. Eu sabia isso em alguma parte bem no meu âmago. Que era a vida ardendo dentro de mim.

———— ◎ ————

Os homens da minha mãe. Homens que chegavam tarde da noite e iam embora de manhã bem cedo. Isso me afetava de alguma forma? Ou quando ela tinha uma festa para comemorar a última apresentação de uma peça e toda a trupe vinha à nossa casa? A vida que transcorria comigo à margem. Não me afetava de alguma maneira o fato de eu não estar no centro das coisas como os demais? O fato de eu permanecer à margem? Eu não sentia vontade alguma de me jogar na vida como todos os demais? Eu não estaria absolutamente segura demais agora como observadora à margem de tudo? Isso não seria de fato covardia? Havia aqueles que viviam em colisão uns com os outros, os que ousavam viver como se tivessem coragem, e havia eu que era uma covarde infeliz.

Acordei com a minha mãe entrando no meu quarto. Vim buscar os sacos de dormir no armário, ela disse. Ela tinha muitas vezes ataques de sonambulismo. Não sei por que, mas estive a ponto de responder: Os sacos de dormir não estão nesse armário, nós não vamos fugir, podes voltar para a tua cama e te deitar. Foi por pouco, tão pouco que tive taquicardia, senti o meu corpo todo pulsando simplesmente por quase dizer aquelas palavras. A minha mãe estava fuçando no armário e eu fiquei sentada totalmente rígida na cama olhando para ela, inspirava e expirava rapidamente, tive calafrios. As palavras estavam a postos, prontas para serem usadas na cavidade bucal. Eu só precisava abrir a boca, então elas sairiam. Pedi que o meu coração parasse de bater assim tão forte. Tentei me acalmar dizendo com meus botões que não aconteceu nada. Foi apenas um impulso, de alguma forma a minha mãe me forçou a baixar a minha guarda com o seu sonambulismo. Subitamente quis chamar a atenção dela com a minha voz. Mas aquilo não aconteceu. Nada aconteceu. Me levantei da cama e fui até a minha mãe, que estava parada em frente ao armário, segurei o braço dela e depois a escoltei à minha frente de volta ao seu quarto. Escoltei-a pela cozinha, pelo corredor e pela sala até chegar ao seu quarto, onde havia um homem dormindo na cama dela. Ele parecia jovem. Talvez fosse algum dos alunos da minha mãe, ou um dos novos atores do teatro. Quando foi que ele chegou? Deitei a minha mãe na cama e percorri todo o trajeto de volta até o meu quarto, ainda tremendo pelo fato de quase ter falado.

Tu és a pessoa mais teatral que eu já conheci, a minha mãe podia dizer quando ficava brava comigo. Tão calculadamente malvada, ela também podia meio que murmurar quando a cólera a dominava. Era quase como se ela me batesse. Ela me chacoalhava, colocando ambas as mãos nos meus ombros, como que para arrancar na marra alguma palavra de mim. Eu a olhava no rosto, recebia o desespero e a raiva dela. Esperava até que aquilo acabasse, que as lágrimas dela chegassem, como sempre acontecia depois de cada explosão dessas. Eu resistia fincando pé no meu âmago, me aferrava ao meu silêncio, para que nenhum som saísse de mim. Uma vez, o meu irmão veio atrás da minha mãe e lhe perguntou: Queres que eu bata nela? Porém, ela então apenas saiu chorando do meu quarto e o meu irmão a seguiu.

Se eu tinha medo de algo, com certeza era disso. Da violência física. Eu não podia me contrapor a isso. Esse era o meu ponto fraco e o meu irmão sabia. Por isso ele tinha poder sobre mim. A ameaça de violência constante e subjacente. Ele podia me bater a qualquer momento. O que eu poderia fazer então? Como eu poderia proteger aquilo que era meu? Só meu. O meu pai batia na minha mãe quando estava desesperado, e eu ficava rígida de pavor, mas não acho que a minha mãe sentisse o mesmo. Não acho que ela tivesse medo. O meu pai podia gritar com ela, acusá-la de dormir com todo o elenco do teatro, de chamar uma viatura da polícia tão logo ele aparecia. Eu tentava me interpor entre eles, segurar os braços do meu pai, mostrar a ele que não devia bater. Que ele definitivamente não devia bater. Que, se fosse o caso, ele devia bater em mim. O que era, porém, impossível. Ele jamais iria bater em mim e no meu irmão, ele sequer enxergava nós dois quando a raiva chegava, aquilo se voltava só contra a nossa mãe. Evitar que o meu pai e o meu irmão saíssem no braço. Era essa a minha missão. Agora, só restava o meu irmão e ele estava ficando grande. Talvez ele crescesse o suficiente para deixar a sua raiva para trás. Talvez essa história com a Vendela seja realmente uma solução. Mesmo que não durasse muito, como eu sentia que não iria durar. Porém, viriam outras como a Vendela. Talvez ele crescesse o suficiente para se distanciar de mim, então não estaríamos mais no mesmo espaço medindo um ao outro com o olhar.

Eu não tinha falado com ela. Era isso que importava.

Foi por pouco, mas eu não fiz isso.

Logo chegaria a manhã. Será que eu devia ir me deitar ou devia ficar acordada? Talvez escutar a minha mãe e o tal homem na cozinha, antes que ela o mandasse embora. Eles nunca pernoitavam. Era simplesmente inconcebível que algum deles se sentasse à nossa mesa do café da manhã. Ela mesma não iria querer isso.

O rosto do meu pai lá à mesa do jantar. Como que totalmente ensimesmado. Uma paralisia e um cansaço enormes. Sentar ao lado dele era como ser sugado para dentro da escuridão, da escuridão dele. Ele não dizia nada. Algo que ver com angústia. Foi a minha mãe que me ensinou essa palavra. O teu pai sofre de angústia, ela disse. É horrível. Ele não tem culpa de que as coisas estejam como estão. O que foi que ele fez dessa vez? Ele entrou à força lá onde estávamos, depois pegou um empréstimo de uma instituição financeira duvidosa e comprou uma propriedade rural lá no norte. Onde iria criar cavalos. Cavalos de equitação, e também iria pescar no ribeirão. Ele iria pescar trutas.[13] Tudo que ele iria realizar. Mas em vez disso ele estava ali sentado na nossa cozinha com vergonha daquilo tudo. Por ter ousado sonhar que a vida seguiria em frente. Que ele iria fazer algo grandioso. A instituição financeira e seus juros. Como ele iria dar conta daquilo? Ele nunca iria se mudar para aquela propriedade rural. Aquilo foi apenas um sonho, um sonho que agora exigia que ele agisse quando já estava em outra. Sob o jugo da autonegação e do desassossego. Na escuridão pachorrenta da depressão. Quem poderia salvá-lo? A minha mãe. Só ela, intervindo naquela barafunda com a sua força primordial. Revogando aquela compra, uma vez que o meu pai não era capaz. Ela podia se encarregar da instituição financeira, fazer algumas ligações e tudo ficaria resolvido. Era

---

13   *Salmo trutta* (também conhecido como truta comum se apenas de água doce ou truta marisca se migra para os oceanos por boa parte da vida, apenas desovando na água doce): peixe da família *Salmonidæ* encontrado nos rios da Europa e da Ásia, sendo a espécie de truta mais comum. Pode ultrapassar (raramente) um metro de comprimento. Sua carne rosada deve-se aos pigmentos dos pequenos crustáceos de que se alimenta.

isso que ele esperava? Será que bem lá no fundo ele não queria ser o dono daquela propriedade rural? Era impossível de saber. Por sua vez, era certo que ele não conseguia dar conta de nada. Que a escuridão que havia nele o compelia a morrer. Ele não servia para nada. Era um ser humano exaurido. A minha mãe o havia devorado e cuspido de volta. Ela entrou na vida dele como se fosse a coisa mais natural do mundo e depois, de repente, se recusou a continuar aceitando-o. Não dá mais, ela disse. E era verdade. Não dava mais. Mas por que ela ainda continuava ajudando-o, apesar de estarem divorciados? Por que é que o meu pai estava ali sentado na nossa cozinha? Por que é que ela tinha que ajudá-lo a resolver as coisas para que mais tarde ele a acusasse de privá-lo de tudo? Ela também o privou daquela propriedade rural, ele ainda iria gritar um dia num ataque de mania, sem lembrar que um dia sentou na nossa cozinha e queria morrer. Por que ela resolvia tudo? Por que ela não o deixava afundar como uma pedra? Por que ela tinha que mantê-lo debaixo das suas asas? Porque ele é o pai de vocês, ela diria. Porque eu um dia o amei. Porque a gente simplesmente não pode abandonar uma pessoa.

Pedi alguma vez que a minha mãe parasse de ver o meu pai? Eu disse isso expressamente? Não, nunca fiz isso. Pedi a Deus.

Olhei para ela ali sentada no quarto com bobes térmicos nos cabelos. Ela usava um vestido de brim e uma blusa branca que acabara de passar. Estava fumando um cigarro, que ela deixava queimando no cinzeiro enquanto pegava uma mecha de cabelo e a enrolava num bobe. Ela arrumava os cabelos todos os dias. Todos os dias ela passava o figurino. Os ensaios iriam começar. Era o primeiro dia de ensaios com o diretor vindo da Polônia. Ela prendeu com grampos um bobe atrás do outro até que o cabelo todo ficou enrolado. Ela era tão bonita. Tão cintilante e alegre. Aquela alegria. Aquela capacidade tão dela de se sentir alegre.

Por que é que eu estava em casa? Eu estava doente? Por que é que eu olhava para ela? Eu queria ficar próxima a ela. Sempre a mesma coisa. Eu iria com ela para o teatro? Que idade eu tinha?

O primeiro dia de aula. Fui com a minha amiga e os pais dela, já que a minha mãe tinha um ensaio e o meu pai estava doente. Me senti orgulhosa de ir sem eles. Me achava maior do que todos os demais que estavam lá com seus pais. Respondi em alto e bom som quando perguntaram o meu nome e a minha data de aniversário. Respondi que sim quando me perguntaram se eu estava empolgada de começar as aulas. Contei que eu já sabia ler. Eu decidi que iria tirar a escola de letra. Pensei que seria fácil. Muito mais fácil do que todo o resto. E assim foi. Os movimentos na escola eram previsíveis. Não havia nenhum momento surpreendente. Agora, me irritava o fato de eu ter me transformado numa mentirosa. O que é que eu estava tentando mostrar? Por que é que eu tinha essa necessidade de parecer melhor do que sou? Era tão fácil ser a líder da turma. Que dividia os colegas em dois grupos: os que podiam participar e os que não podiam participar. Só lá na árvore, junto com a minha amiga de verdade, é que as coisas eram diferentes. Só lá a conversa era mais igualitária e só lá eu não conseguia saber o que viria a seguir.

―――― ◎ ――――

    O grito vindo da sala rasgou o silêncio no nosso apartamento. O grito desesperado da aluna. Ela era Medeia. Ela foi traída por Jasão. Ela iria se vingar. Não havia outra escolha. A voz da minha mãe lá na sala, calma e objetiva. Ou quando ela própria gritou de repente, para mostrar à aluna como dar vazão ao desespero, para que ela ousasse fazê-lo, não ficasse contida. O desespero cru, era ali que ela devia chegar. Peguei o caviar em tubo[14] e o pão sueco. Apertei o tubo fazendo várias linhas com o caviar no pão, coloquei esses sanduíches abertos num prato e fui para o meu quarto. Me sentei à escrivaninha e fiquei ouvindo os esforços da aluna. Aquilo soava forçado e eu sabia que a minha mãe estava pensando com

---

14   Refere-se ao *Kalles kaviar*, patê de caviar feito de ovas de bacalhau, açúcar, azeite de canola e condimentos.

seus botões que aquela moça não tinha talento. O caviar salgado no pão crocante era delicioso. Comi vários sanduíches abertos e estava voltando à cozinha para buscar mais quando ouvi o meu irmão na porta de entrada. Decidi continuar na cozinha. Peguei outro pão sueco como se não fosse nada demais, me movia na cozinha como se tivesse o direito de estar ali. Peguei um copo e enchi de água, deixando a água jorrar da torneira. Me sentei na bancada da cozinha com o meu sanduíche para ver meu irmão quando ele entrasse na cozinha.

 Ele não chegou sozinho. A Vendela veio com ele. O meu irmão olhou feio para mim, já a Vendela me cumprimentou. Fiquei encarando-a, e ela recuou um passo e meio que se escondeu detrás do meu irmão. Ele perguntou calmamente o que ela gostaria. Eles podiam fazer torradas, será que ela queria? Sim, ela queria. Continuei sentada ali na cozinha vendo-os preparar tudo enquanto eu comia. Vi o meu irmão tirar a torradeira do armário e reunir os ingredientes: pão, presunto, queijo, tomates. Era subentendido que eu devia sair da cozinha quando ele chegasse, mas a presença da Vendela permitia que eu permanecesse. Enquanto ela estivesse ali, o meu irmão não poderia fazer nada. Ele faria mais tarde, mas não pensei nisso. O meu irmão já devia ter contado a ela a respeito dos alunos, pois a Vendela não perguntou nada a respeito dos gritos que vinham da sala. O meu irmão se esforçava para conversar com ela, apesar de eu continuar ali sentada: Iriam juntos ao show? Ela queria gravar hoje ou preferia sair para passear? Podíamos ir tomar um sorvete no parque, ela sugeriu. Pensei o que ele achava do fato de eu estar ali sentada. E o que ela achava. Era um pouco desagradável aquela irmã que só ficava ali sentada sem dizer nada. Eu podia tê-lo poupado daquilo, mas por alguma razão eu não quis poupá-lo. Eles não deviam ter tanta certeza, a minha mãe e o meu irmão. Não deviam acreditar que eu sempre estaria no meu quarto.

Ouvi quando a minha mãe abriu a porta do corredor. Logo ela daria tchau à aluna e viria até a cozinha. O meu irmão também ouviu, percebi isso porque ele de repente ficou rígido. Os passos da minha mãe, tão enérgicos. De repente, ali estava ela na cozinha sorrindo de corpo e alma. Vendela, que bom te ver outra vez. Então ela olhou para mim. Nossos olhares se encontraram e eu continuei sentada. Tive que recorrer a toda a minha força de vontade para não voltar zunindo para o meu quarto. Todos reunidos aqui, ela riu. O que é que vocês vão fazer? Vamos sair, o meu irmão disse, sem que eu conseguisse perceber se ele estava bravo. Ele disse aquilo com toda a naturalidade. Vocês fazem bem. O tempo está ótimo, a minha mãe disse e então olhou para mim novamente. Não consegui aguentar mais, desci da bancada da cozinha e percorri aqueles poucos passos no corredor e abri a porta do meu quarto.

Tranquei a porta e afundei na poltrona. O choro chegou de repente. As lágrimas extravasaram os olhos e então desceram pelas bochechas.

Chorei em silêncio, eu não era capaz de soluçar, apesar de quase conseguir. Forcei as lágrimas a correrem bochechas abaixo sem causarem ruído algum. Se eu fizesse as lágrimas correrem bem rápido, não seria difícil. Me concentrei. A minha mãe estava na cozinha preparando o jantar. O meu irmão saiu com a Vendela. O que aconteceria se eu voltasse à cozinha? A minha mãe me confidenciaria algo do que estava pensando? Me levantei, sequei as lágrimas que tinham parado de escorrer e voltei à cozinha. Me sentei numa das cadeiras da mesa. A minha mãe estava preparando hamburguesas de carne moída de ovelha. Ela se virou para mim e sorriu, mas não disse nada. Ela estava totalmente absorta na sua atividade e então me ocorreu do nada este pensamento: que eu devia morrer.

――― ◎ ―――

Querido Deus que estás no céu. Protege a minha mãe e faz com que ela seja feliz. Protege ela e faz com que eu morra.

Eu estava deitada na minha cama no escuro e fiz a minha oração pela primeira vez. Será que Deus me ouviria de pronto, ou será que ele esperaria? Nesse caso, por quanto tempo eu devia esperar? Até me tornar uma adulta? Nunca tinha vislumbrado o meu futuro antes, agora isso era tudo o que eu via. Avancei no tempo e me vi adolescente, como o meu irmão. Depois, avancei até me tornar adulta. Eu olhava severamente para mim mesma. Essa mudez não iria durar a vida toda, pensei. Era um absurdo viver a própria vida plenamente, pensei. Ninguém podia esperar isso de mim. Eles iriam entender. Bem lá no fundo, eles também deviam saber que isso era impossível. Eu libertei a minha vontade. Agora, qualquer coisa podia acontecer.

———— ◎ ————

A escola pegou fogo. Eu segui o meu irmão por alguns metros na calçada com a minha mochila escolar. A fumaça era avistada bem de longe. Todo o andar superior estava em chamas e pensei que aquilo era culpa minha. Que a minha oração provocou aquele incêndio. Mas depois veio à tona que dois garotos haviam tocado fogo do lado de fora do laboratório. Fomos todos mandados de volta para casa. A polícia isolou toda a vizinhança. Não vimos o trabalho dos bombeiros propriamente dito, pois não nos deixaram entrar no pátio da escola. A fumaça subia em borbotões. Uma nuvem escura que tomou impulso e se lançou céu acima. Era difícil parar de olhar aquela fumaça bruxuleante, mas por fim o meu irmão me puxou pelo braço dizendo que devíamos voltar para casa. Caminhamos um ao lado do outro pela calçada e pensei que aquela proximidade fora causada pelo incêndio. Algo externo que de alguma forma nos ameaçava e por isso estávamos caminhando juntos.

    Entrei no meu quarto e me sentei no peitoril da janela. Só eu e o meu irmão estávamos em casa. A minha mãe estava no teatro. Ela achava que nós dois estávamos na escola. A castanheira oscilava ao vento. Por quanto tempo a escola iria ficar fechada? Eu pulava de alegria por dentro só de pensar que teríamos que ficar em casa. Apoiei a testa na janela e ri. Talvez tivéssemos que ficar em casa durante uma semana. Talvez mais. Tinha a mesma sensação de quando eu ficava em casa doente, então, vesti o meu pijama e fui até a cozinha. Peguei a sopa de mirtilo[15] e fiz uns sanduíches abertos ouvindo a música que chegava do quarto do meu irmão. Me sentei na bancada da cozinha para comer, engoli os sanduíches abertos de queijo com a sopa de mirtilo. Eu estava faminta. Fui até a despensa buscar pão torrado, untei-o com manteiga, molhei-o na sopa e então abocanhei o pão que se desmanchava na boca. A minha mãe ia ter uma estreia, isso eu tinha conseguido entender. Hoje fariam o ensaio geral com a presença de público. Anti-

---

15   *Blåbärssoppa*: bebida sem álcool gelatinosa típica da Suécia, mas também consumida (fria ou quente) nos países vizinhos, cujos ingredientes são: mirtilo, água, açúcar e fécula de batata.

gamente, a minha mãe nos pedia para não trazer amigos em casa nas semanas de ensaios gerais, pois ela já tinha muita coisa em que pensar e não queria a casa cheia. Agora ela não precisava mais nem pedir aquilo. O meu irmão tinha repulsa pelo teatro. Nós dois éramos pequenos daquela vez em que a nossa mãe foi trazida rolando para o palco e colocada numa bancada de matadouro vestindo apenas roupa íntima e sapatos de salto alto e cantando: Os vossos bálanos, meus senhores. Vede estas coxas bem torneadas, vede estas frondosas tetas americanas. Desde então, o meu irmão nunca mais foi ao teatro. Ele detestava vê-la maquiada, vê-la de salto alto. Não queria que ela se mostrasse. Ele era contra a profissão dela. Ele era contra e eu, a favor. Talvez eu devesse então ir à estreia? Antigamente, a minha mãe sempre aparecia no camarote depois da estreia. Com guloseimas e refrigerante para comemorar que aquilo havia acabado mais uma vez. Para comemorar que não era mais necessário ensaiar de dia e de noite, que uma nova temporada agora estava começando. Tudo ficaria mais normal e a minha mãe teria tempo para ficar conosco durante as tardes. O que é que ela estava ensaiando agora? De repente, o meu coração começou a acelerar. Pensei na minha oração. Na qual eu pedia para morrer. Eu realmente queria isso? Será que eu podia retirar aquela oração, ou será que Deus já começou a preparar a minha morte? Eu podia cair morta a qualquer momento. Será que eu devia pedir a Deus para cancelar o meu pedido? Será que era possível? Tentei voltar aos pensamentos claros de ontem, quando a morte me parecia necessária. Como o único fim do meu silêncio. Me agarrei àqueles pensamentos serenos e segui-os até o momento em que tomei aquela decisão. Sim. Aquilo era a coisa certa. Deus certamente ainda me permitiria viver algum tempo, mas uma vida inteira? Ele realmente me pouparia de crescer e me tornar uma adulta. Eu não conseguia ver a mim mesma com outra idade além da que eu tinha agora. Qualquer crescimento parecia algo colossal. E não podia acontecer. Eu não podia deter o tempo e conservar o agora. Qualquer crescimento me deixava apavorada. O meu irmão que começava a parecer um homem, a voz que ele tinha, baixa e como que hesitante, os ombros já alargados, o nariz e a boca que ganharam uma ostensividade que não tinham antes. A altura dele. Ele passara por uma metamorfose. Não era mais aquele garoto sentado no barco com a apanhadeira na mão, atento aos movimentos dos peixes na rede. Ele agora era outro. Não era adulto, mas tampouco era mais criança. Era terrível, mas não existia mais volta para aquilo.

 Eu evitava os espelhos para não ver que aparência o crescimento tinha em mim. Receava que a metamorfose já tivesse começado.

 Fui bater à porta do quarto do meu irmão. Não sei por que fiz aquilo. Fazia anos que eu não entrava lá. Talvez a morte me deixou tão apavorada que de repente eu não queria mais ficar sozinha. O olhar do meu irmão ao abrir a porta. A maneira como ele olhou para mim. Com uma tristeza e um desalento que pareciam infinitos. Mas ele abriu a porta. Eu entrei. As cortinas azul-marinho cobriam a janela. Estava escuro lá dentro e a mesa lotada de computadores, a bateria eletrônica, o amplificador, os alto-falantes espalhados pelo chão com os instrumentos musicais em seus suportes, os emaranhados de cabos por todos os lados. E também poeira que brilhava sob os feixes de luz que as cortinas deixavam entrar. Me sentei na cama desarrumada, tentei ajeitar o lençol antes de praticamente me deixar cair em cima do colchão dele. O que eu devia fazer agora? Com que intenção eu entrei ali, era isso o que meu irmão queria saber, era isso que ele me perguntava com o seu olhar. O que estás fazendo aqui? O que achas que estás fazendo? Como achas que devíamos conviver um com o outro? Então eu dei de ombros, aquilo foi um reflexo, era algo que eu costumava fazer e fiquei assustada ao perceber como aquele reflexo estava tão profundamente arraigado em mim. Como ele imediatamente se manifestou naquele momento ali no quarto do meu irmão. Dar de ombros era, afinal de contas, praticamente o mesmo que falar. Acho que dei de ombros como se dissesse: Faz o que costumas fazer aqui no teu quarto. Não te incomodes comigo. Acho que ele entendeu, pois então ligou o amplificador e a bateria eletrônica. O ritmo soava como se alguém batesse com um garfo na pia da cozinha. Ele pendurou a guitarra no pescoço e a conectou, depois ligou o microfone. Recuou um passo e olhou para mim, então começou a tocar e, ao começar a cantar, era como se ele estivesse chorando. Fiquei olhando o meu irmão ali em pé cantando em inglês. A letra era sobre uma tal Laura, uma garota que todos admiravam mas com quem ninguém conseguia conversar. Eu tinha a sensação de que podia estar em paz com o meu irmão, enquanto ele estivesse cantando eu podia ficar olhando para ele. Eu seguia o rosto dele. Ele não tinha reserva alguma, nem estava preocupado em se expor, simplesmente cantava de corpo e alma. Era emocionante ver aquilo e eu queria que aquela música nunca mais acabasse, mas é claro que ela acabou. Eu tinha visto o meu irmão, mas agora aquilo já passou. Ele se colocou ao lado da porta como que para mostrar que agora era hora de eu sair. Eu saí, passando bem perto dele. Se eu tive medo? Não naquele momento.

 Voltei para o meu quarto e me sentei no peitoril da janela. O que foi aquilo? Eu entrei no quarto do meu irmão. Só isso. Ele cantou e eu assisti. Ele se expôs para mim, mas por que ele fez isso? Por que ele de repente me deixou ficar lá e por que eu fui bater à porta do quarto dele? Aquele ato de coragem me provocou um arrepio.

 Fiquei sentada no peitoril da janela até a minha mãe aparecer na porta da frente. Então, me sentei na poltrona com um livro na mão e fiquei esperando-a. Ouvi quando ela entrou na cozinha e abriu a geladeira. Eu queria contar a ela sobre o incêndio na escola. Queria contar sobre a fumaça subindo e sobre o meu irmão e eu, sobre o fato de eu ter entrado no quarto dele. Aquela vontade repentina de conversar com ela. De onde surgiu aquilo? Peguei o caderno e uma caneta. A minha mão tremeu quando escrevi: hoje a escola pegou fogo. Fui até a cozinha e coloquei o caderno em cima da mesa. Cutuquei a minha mãe e apontei para a mesa.

Ela chorou. A minha mãe chorou. Ela olhou para mim com as lágrimas escorrendo pelo rosto. As bochechas que ficaram pretas com o rímel que escorria em sulcos delgados. Obrigada, ela disse e então me abraçou. Fiquei parada feito um poste dentro daquele abraço. O que foi que eu fiz?

Eu mudei fundamentalmente alguma coisa. Alguma coisa cuja extensão eu não era capaz de enxergar. O que aquilo significava? Fiquei me perguntando o que aquela mudança acarretaria. Me arrependi? Não saberia dizer. Eu sabia apenas como foi bom escrever aquelas palavras. Será que iria escrever outras palavras? Será que aquele caderno aos poucos seria preenchido com os meus pensamentos e as minhas vivências? O que foi que me fez achar que eu devia continuar escrevendo apenas para que as palavras hoje a escola pegou fogo ficassem ali, como que entalhadas na pedra. Não havia nada me forçando a continuar. Como era mesmo que a minha mãe sempre dizia? Tu és tão severa, ela dizia. A minha mãe foi saindo daquele abraço com cuidado. Soltou os meus braços que a prendiam. Depois, ela pegou nos meus ombros e me trouxe à sua frente para poder olhar nos meus olhos. Esse é só o começo, ela disse olhando para mim. Tudo vai ficar bem. Compreendes? Fiz que sim com a cabeça. Eu não podia fazer outra coisa com ela me segurando daquele jeito e olhando bem dentro dos meus olhos. O que eu podia fazer? O que se abriu e o que seguia fechado? Alguma coisa havia se transformado imperceptivelmente e agora eu estava aberta a todos? As pessoas podiam me ler como se eu fosse um livro aberto? As minhas pernas tremiam e eu senti como se estivesse caindo. Caindo até aquele ponto cujas margens ardiam vermelhas. A última coisa que me ocorreu foram estas palavras: estás perdida.

Estás perdida, essas palavras ressoaram dentro de mim como uma pancada enquanto eu afundava assoalho adentro. Me sentei nos degraus de ferro da entrada da cozinha, inspirei a poeira antiga e vi os ratos correndo um atrás do outro. Desci a escada me agarrando firme no corrimão. Encontrei o meu irmão que passou por mim lentamente, sem me enxergar. Lá embaixo, ao pé da escada, a minha mãe estava sentada fumando. Passei por ela, acariciei os cabelos loiros dela. Segurei a maçaneta da porta que dá para o jardim. Empurrei a porta com cuidado. As pistas de rolagem se espraiavam por cima e por baixo umas das outras. A rodovia rugia e o meu pai estava lá, careca e com um caco de espelho cravado na testa. Bem-vinda à América, ele disse, ele gritou até ser ouvido. Bem-vinda à América.

―――― ◎ ――――

Os dias que então se seguiam às noites eram de tal maneira que ardiam de luz, uma luz tão intensa que eu tinha que fechar os olhos. Eu ficava sentada na minha cama desde a manhã até a noite e fechava os olhos. A luz me cortava. O meu pai entrou debaixo das minhas pálpebras e cantou o seu *Willkommen, Bienvenue, Welcome*,[16] acompanhado do toque de sinos. Eu tentei me livrar dele, mas ele dançava como aquelas cobrinhas azuis atrás das pálpebras. Ele oscilava entre ser pequeno e ser grande. Por vezes, ele crescia até ficar do tamanho de um gigante e eu ficava apertada contra a parede sem mal conseguir respirar. Ele se sentou na beira da cama e amarrou uma venda cobrindo os meus olhos. Para que nunca tenhas que ver o que vocês me fizeram, ele disse.

O meu pai sumiu e no lugar dele o mar cresceu diante de mim. Vadeei a água até a ilha e vi como as gaivotas seguiam os barcos. Vi as ra-

---

16   Em alemão, francês e inglês no original: "Bem-vindo(a)".

balvas bem ao longe nas ilhotas. Como elas devoravam os peixes usando o bico e as garras. Como que saltitando, deslizando sobre os penhascos. A chuva castigava e os gansos flutuavam na água. Me levantei. Toquei o céu com a mão.

Nunca consegui explicar por que as minhas roupas estavam molhadas quando me vi sentada tremendo na beira da cama. As poças que se formaram em torno dos pés. Fui até o banheiro e tirei peça por peça até ficar nua em frente ao espelho. Eu estava roxa de frio. A boca rígida e os dentes batendo. Fiquei um bom tempo embaixo do chuveiro e senti o calor voltando ao corpo. Depois me sequei cuidadosamente e me esgueirei de volta para o meu quarto onde me vesti com outras roupas, com roupas secas.

Eu era uma criança. Essas palavras me ocorreram enquanto eu secava os cabelos. Jamais conseguiria entender o que me aconteceu, pois não havia nada para entender. A minha mãe estava na cozinha preparando o jantar. O meu irmão estava no quarto dele. O meu pai estava morto. Todos estavam no seu devido lugar, até mesmo eu, me dei conta disso. Eu estava faminta, mas não queria ir até a cozinha. Pensei que, se eu simplesmente continuasse no meu quarto, ela viria até aqui trazer uma bandeja. O que a minha mãe andava fazendo por aqueles dias? Decerto o de sempre. Mas eu não percebi nada daquilo. A venda em cima da cama. Aquilo me assustava? O fato de eu não conseguir explicar como ela foi parar lá. Coloquei a venda e ficou mais fácil fechar os olhos. Eles relaxaram e a escuridão se enrodilhou em torno de mim. Me vestiu de preto. Fiquei escutando aquele som que parecia vir de bem longe. O ritmo da bateria eletrônica e os movimentos da minha mãe. Havia uma correspondência entre eles, me ocorreu enquanto eu estava sentada na cama. Eram parte de uma mesma música. Eu sentia uma dor na garganta. Talvez estivesse doente. Talvez por isso tudo parecia tão estranho? O meu pai ameaçou voltar. Ele estava morto, falei para me convencer, tentando visualizá-lo diante de mim lá em seu apartamento, onde ele jazia sozinho. Imaginei as roupas que ele estava vestindo e a cor de musgo no seu rosto. Levei a mão ao rosto dele e fechei seus olhos. Fechei e voltei a fechar seus olhos.

 O meu irmão apareceu no quarto e me viu. Ele desprendeu a venda. Eu não o ouvi chegando. Olhei para ele. O coração bateu forte no meu peito e vi que aquele momento de total confiança que compartilhamos já tinha passado. Eu não tinha como mantê-lo do lado de fora, pois ele iria arrombar a porta e entrar. Não havia jeito algum de me proteger. Ele me arrastou até a cozinha onde a minha mãe estava sentada à mesa, me forçou a sentar na cadeira e depois também se sentou. A minha mãe me alcançou uma bandeja com coxas de frango assadas. Come, o olhar dela dizia para mim. Iríamos jantar juntos ali sentados. Peguei uma coxa de frango e também me servi de arroz e salada. O meu irmão também se serviu. A minha mãe e o meu irmão conversaram sobre a reconstrução da escola, que logo iríamos recomeçar as aulas, e também sobre a estreia da nossa mãe. Ela recebeu críticas muito boas e estava contente. Eu estava totalmente despreparada quando o meu irmão de repente atirou a faca na minha direção. Dei um grito. Aquele som escapou de mim. O meu irmão e a minha mãe riram e continuaram comendo. Eu me levantei, voltei para o meu quarto, me joguei na cama e comecei a chorar.

———— ◎ ————

Usávamos apenas o andar inferior da escola. Várias aulas foram suspensas. Os nossos horários de aula tinham várias lacunas que eu preenchia ficando na biblioteca. Eu me sentava sempre no mesmo lugar, perto de uma janela com vista para o pátio da escola. Lia qualquer coisa que me caía nas mãos. Um livro sobre as águias, outro sobre a mitologia grega, um outro sobre a flora da parte oceânica do arquipélago de Estocolmo.[17] Eu não absorvia nada, apenas avançava pelas frases e parágrafos à velocidade do alfabeto. Talvez estivesse apenas fingindo que lia para poder ficar ali em silêncio. A minha impressão era que eu ficava

---

17   Maior arquipélago da Suécia e um dos maiores do mar Báltico, espalha-se, a partir do litoral da cidade de Estocolmo, por sessenta quilômetros em mar aberto, abarcando cerca de 24 mil ilhas e ilhotas das mais diversas formas e tamanhos, das quais duzentas são habitadas, sendo as principais Vaxholm e Värmdö. Inicialmente habitado por pescadores, o arquipélago converteu-se, com o tempo, em local de veraneio especialmente dos habitantes da região de Estocolmo.

ali sentada todas aquelas horas apenas para sarar. Para sentir como aquela ferida que se abriu lentamente estava voltando a se fechar. Eu percebia cada espirro, cada passo dado por alguém e ouvia quando folheavam uma página. Todos aqueles sons me tranquilizavam. Eu ficava ali sentada respirando como alguém que se encontra muito abaixo da superfície da água. Como que arfando. Concentrei a audição no meu coração e fui forçando-o a bater cada vez mais lentamente.

Eu estava com medo. Ou será que não estava?

O trajeto de volta para casa não era longo o suficiente. Os passos até o apartamento eram poucos demais. Eu nem tinha piscado e já me encontrava no corredor. O que era apenas meu agora também era de todos. A qualquer momento o meu irmão ou a minha mãe podiam aparecer ali no meu quarto. Eu não me sentia segura.

Meu bom Deus que estás no céu. Protege a minha mãe. Faz com que ela seja feliz e faz com que eu morra. Quantas noites eu pedi para morrer? Logo ela chegaria. A morte. Eu não via nenhuma outra saída.

A minha mãe vinha até o meu quarto à noite ao chegar do teatro. Ela se sentava na poltrona e olhava tranquilamente para mim. Ela insistia em me contar como tinha sido o seu dia. Quantas pessoas estavam no público, o que tinha sido complicado e o que saiu bem. Ela chegava repleta de palavras que adentravam em mim. Eu não tocava no caderno desde o dia em que a escola pegou fogo, mas apesar disso a minha mãe examinava o caderno todos os dias. Eu recebia as histórias dela, sentia como cada palavra se infiltrava dentro de mim. Visualizava tudo diante de mim: a recepção, o elevador até o camarote, os corredores e o passadiço que levava até o palco que eles usavam dessa vez. Era uma comédia chamada *Servidor de dois patrões*,[18] e acontecia de a minha vontade de ir ao teatro com ela ser tão forte que eu tremia. Eu não podia simplesmente acompanhá-la como costumava fazer? Lembrei da vez em que um ladrão invadiu o teatro, da voz do contrarregra nos alto-falantes instruindo todos a trancarem seus camarotes. Lembro de como fiquei com medo. De que eu achava que ladrão e assassino eram sinônimos. A minha mãe podia ser assassinada a qualquer momento. Era o que eu achava. O velho zelador me deu uma fatia de bolo de chocolate para me acalmar. Aquilo aconteceu durante o projeto *Tempestade*, no qual todo o elenco do teatro atuou. A minha mãe fazia a Gaia e tinha o corpo alvejado por vários mísseis. Eu cresci e perdi o interesse pelo teatro. Essa era a verdade. Ninguém mais achava bacana sempre levar a filha. Eu cresci sem me

---

18   *Il servitore di due padroni* (1745) (na atualidade muitas vezes renomeado *Arlecchino servitore di due padroni* (*Arlequim, servidor de dois patrões*): comédia do italiano Carlo Goldoni (1707-1793), traduzida para o português por Elvira Rina Malerbi Ricci.

dar conta disso e não havia mais saída alguma. À minha frente havia apenas a escuridão.

───── ◎ ─────

Fiz um inventário dos meus pertences. Os cadernos, a faca fileteira, o ursinho de pelúcia que ainda ficava em cima da minha cama, os livros, *As mil e uma noites* e a coleção de livros da Nancy Drew,[19] um dicionário. Pressionei o gume da faca contra o polegar até que a pele se rompeu. O sangue que saiu me acalmou. Fui até o banheiro procurar um curativo adesivo. Olhei o meu rosto no espelho. Aquela era eu, mas era também outra pessoa. Algo desconhecido se instalara nas minhas feições com uma naturalidade que passou despercebida para mim. Depois fui até a sala e fiquei em pé em frente à janela olhando para o parque. As árvores estavam verde-claras. Logo o verão chegaria. O que iríamos fazer então? Tentei abafar a inquietação que senti só de pensar naquilo. Eu não queria sair do apartamento de maneira alguma.

A Vendela nunca mais apareceu. Ela só veio aquelas duas vezes e fiquei me perguntando

---

19 Detetive amadora jovem e ruiva, protagonista da série de novelas de suspense, voltadas ao público juvenil, escritas por vários escritores sob o pseudônimo literário Carolyn Keene, publicadas originalmente nos EUA entre 1930 e 1985. A série é ainda inédita no Brasil, apesar de quinze dos 175 volumes originais terem sido traduzidos em Portugal entre 1984 e 2017.

se o mau humor do meu irmão tinha que ver com isso. Ele já voltou a passar o ferrolho na porta, mas era evidente que ninguém era bem-vindo ao quarto dele. Eu o evitava o máximo possível. Na maioria das vezes, eu não precisava vê-lo o dia inteiro. Na maioria das vezes, eu comia no meu quarto. Passei a mão no radiador da calefação e senti o cheiro da poeira quente.

Eu sempre fui uma criança alegre, a minha mãe dizia. Sempre estavas alegre. Agora não estás mais. Se simplesmente pudesses dizer por quê. Isso eu não sei dizer. Só sei que não me sinto nem alegre nem triste. Será que eu achava que os meus pensamentos iriam chegar até ela? Ela precisava se acalmar como todos os demais. Ela estava sempre preocupada. Já não era suficiente? Por quanto tempo aquilo ainda iria durar?

Até eu morrer, eu podia ter respondido a ela. Eu podia ter contado tudo.

———— ◎ ————

A gente tem que fazer algo todos os dias para que as coisas fiquem bem. A gente tem que agir, a minha mãe disse para mim que estava deitada na cama. A minha mãe agia. Ela acordava e dedicava toda a sua atenção primeiro ao café da manhã, depois a si mesma, à roupa que iria vestir, o rosto que ela maquiava com esmero e com uma objetividade que era só dela. Tudo que ela fazia era feito com devoção. A minha passividade era o pior que podia lhe acontecer. Eu a atingia no ponto mais fraco. Mas não era culpa minha. Não era algo que eu havia planejado nem arquitetado. As coisas simplesmente eram assim. Eu gostaria de te ver agindo, a minha mãe disse outra vez, olhando para mim.

Me levantei da cama para escapulir até o banheiro. Quando eu ia me esgueirando, a minha mãe pegou no meu braço. Ficamos um bom tempo as duas ali paradas, uma olhando para a outra. Ela era a mais forte, mas eu fiz força para soltar o meu braço. Não tens o direito de recusar, ouvi ela dizendo às minhas costas.

Fui até o parque. As folhas brotando nas árvores, as estátuas e o café que estava lotado com aquele calor. O calor que me atingiu em cheio tinha um leve odor de gases de escapamento. O que é que eu estava fazendo ali em meio a todos aqueles cães e àquelas pessoas alegres? Apesar de tudo, decidi dar uma volta em torno do parque. Passei pelo canil e pela biblioteca aonde só os adultos tinham acesso. Percorri a trilha ao lado do campo de cilas em direção ao café onde costumávamos comprar sorvete. Passei pela colina próxima ao parquinho e então de volta à rua onde a nossa casa ficava no meio. Atravessei a faixa de pedestre, apertei o código do portão e subi a escadaria. Abri a porta do apartamento e entrei. Fazia silêncio. A minha mãe estava lavando a louça do jantar e o meu irmão estava no seu quarto.

Evitei o espelho do corredor. A sala parecia infinitamente grande. Como um salão que aguardava ficar lotado. O corredor da cozinha com o piso branco e preto me levou de volta à cozinha e à minha mãe. Ela se virou. Olhou para mim e sorriu. Deste uma saída? Que ótimo.

Ajudei-a a colocar os pratos no armário, guardei os talheres na gaveta e limpei os farelos da mesa. Depois, peguei o aspirador e comecei a aspirar o pó do meu quarto. Havia novelos de poeira por toda parte e aquele cheiro de fechado. Abri a janela e depois fui buscar um balde com os itens de limpeza. Cuidei de cada superfície. Tudo tinha que ficar limpo. Me ajoelhei e passei a escova no piso, depois limpei outra vez com o esfregão. O piso brilhava quando terminei. Depois fui buscar um lençol limpo no armário das roupas de cama que ficava na sala. A música ribombava no quarto do meu irmão quando passei em frente à sua porta. A minha mãe vinha atrás de mim no corredor, pois estava de saída para o teatro. Nossos caminhos se separaram e ela acenou dando tchau.

O meu pai estava lá dentro quando voltei ao meu quarto. Estava sentado na poltrona assobiando. Ele tinha os cabelos pretos e levantou o olhar quando entrei. Minha garotinha, ele disse. Que bom que chegaste. Comecei a colocar o lençol limpo na cama e ele ficou olhando. Estás te virando, ele disse. Isso é excelente. Lembra que és tu quem decide. Eu não queria olhar para ele, então me sentei com um livro na mão e tentei ler. Tens que ser enérgica com a tua mãe. Nunca dês nada a ela, do contrário ela vai te tirar tudo. Ele soava como as pessoas lá do norte soam, como se os anos na cidade nunca o tivessem perpassado. Não te preocupes com o teu irmão. Ele não vai te fazer nada, ele disse então. Preparaste as coisas bem para ti. É exatamente assim que tem que ser. Fica sabendo que eu penso em vocês. O tempo inteiro. Eu tentei não me fixar nele para que ele fosse embora, mas não funcionou. O cheiro dele estava no quarto inteiro. Aquela colônia de barba que ele usava. Me levantei da cama e fui abrir a janela. Aquela queda seria suficiente? Era alto o bastante? Estávamos sempre juntos quando eras pequena, tu e eu. Ficávamos no parque esperando a tua mãe. Foi a melhor época. Como eu iria conseguir tirá-lo da minha cama? Estavas sempre comigo. Eu ia de bicicleta contigo até o barco. Depois ficavas sentada bem na parte da frente do barco, vestindo o teu colete salva-vidas, enquanto eu jogava as redes. Ficavas sempre tão animada na manhã seguinte. Quando íamos recolher as redes. Mal sabias falar, mas ficavas sentada no barco absolutamente parada, eu nunca ficava preocupado que fosses cair na água. Simplesmente ficavas lá sentada observando os peixes sendo tirados da água. Como eu iria conseguir fazê-lo se calar? Não adiantava pegar a faca, afinal ele já estava morto. A tua mãe não entende muita coisa. Ele deu uma gargalhada. Ela apenas faz o que faz com a máxima força. Eu a amei demais. Nunca ames demais a ninguém. Eu tinha que conseguir fazer ele parar de falar. Ele tinha que sair do meu quarto. Pensei alguns segundos e então peguei o caderno e escrevi: Estás morto. Não podes ficar vindo aqui. Coloquei o caderno sobre os joelhos dele e disse para ele ler. Ah, achas mesmo isso. Ele deu uma gargalhada. Mas como pediste com toda a educação.

Ele se foi.

Me deitei na cama. A cama girava e eu era parte daquele movimento. Eu rodopiava, rodopiava e tentava fixar o olhar nalgum ponto do teto. Foi só quando coloquei um pé no chão que o quarto se deteve. Estás ficando para trás, venha até mim. Estás ficando para trás. Escrevi isso duas vezes no caderno. O que aquilo significava?

Fui até a cozinha fazer um chá. O frio que o meu pai deixou para trás jazia por toda a parte no quarto. Peguei uma xícara do armário e ouvi a minha mãe se aproximando da porta. Ela acariciou a minha bochecha ao entrar na cozinha. No entanto, não disse nada e pude ver que os pensamentos dela estavam noutro lugar. Untou umas torradas com geleia, pegou o prato e saiu. Tentei segui-la até a sala, mas parei em frente à porta do quarto e deixei-a ir sozinha até a sala.

O quarto estava normal outra vez. O cheiro tinha se dissipado e era como se ele nunca tivesse estado ali. Mas ele esteve ali? Eu não sabia.

Então peguei o caderno e li o que escrevi para ele. Sim, ele esteve ali. Será que ele iria voltar? Será que eu devia contar a respeito disso para a minha mãe?

Uma vez ele veio à escola me buscar. A minha professora protestou, dizendo que estávamos no meio de algo importante, mas ele simplesmente me pegou pela mão e foi saindo comigo. Pegamos o ônibus até o parque de diversões de Gröna Lund.[20] Não tinha quase ninguém por lá e andamos várias vezes em todos os carrosséis. Eu fiquei enjoada do estômago e queria ir para casa, mas ele simplesmente continuava até o próximo carrossel e então o próximo, o próximo... Comi algodão-doce, sorvete e outras guloseimas, até que por fim vomitei numa lixeira. Só então fomos embora, pegamos a balsa até Nybroplan,[21] será que deveríamos ir saudar a minha mãe no teatro? Não, respondi, não devíamos fazer aquilo não. Devíamos ir para casa. Chegando em casa, me deitei na cama e fingi que estava doente. O meu pai falava ao telefone na cozinha. Ele falava tão alto. No fim, começou a chorar. Fingi que estava dormindo quando ele entrou no quarto chorando. Tens medo de mim?, ele perguntou aos prantos. Tens medo?

---

20 Parque de diversões mais antigo da Suécia (inaugurado em 1883), fica na ilhota de Djurgården, em Estocolmo.
21 Espaço público na região central de Estocolmo cujas atrações mais importantes são o Régio Teatro Dramático e o parque Berzelii.

A minha mãe mudou. Ela já não caprichava tanto no café da manhã. Várias vezes ela dormia até mais tarde com o namorado novo. Ele era um jovem e promissor diretor de teatro e ela estava atuando numa peça dele. O meu irmão e eu nos virávamos na cozinha de manhã. Eu fazia batida de mirtilos e leite coalhado, exatamente como a minha mãe costumava fazer, e colocava o pão e os acompanhamentos na mesa. O meu irmão gostava de ser servido. Acontecia de ele desgrenhar os meus cabelos com aquelas suas mãos grandes.

A minha mãe ria muito. De tudo o que o meu irmão dizia e quando falava com seus amigos ao telefone. Ela estava feliz e achei ótimo que alguma outra coisa além de mim a deixasse realizada. O meu irmão não dizia nada, mas eu sabia que ele não gostava que houvesse um estranho na nossa casa. Eu o evitava o máximo possível. Os cabelos loiros encaracolados e a boca enorme dele ali à mesa do café da manhã. O namorado dela se chamava Ulrik e era dinamarquês. Às vezes eu achava que ele não parecia muito mais velho do que o meu irmão.

Achei aquilo ótimo, pois não ouvi mais nada a respeito do tal especialista, a minha mãe tinha a cabeça noutras coisas. Ela e o Ulrik se sentavam numa cadeira enroscados um ao outro, corriam um atrás do outro sem parar pelo apartamento e a minha mãe só ria. Me fez tão bem ver a minha mãe tão feliz daquela maneira, e acontecia de eu pedir a Deus que o Ulrik continuasse na vida dela. O fato de ele ser tão jovem indicava o contrário, e acho que a minha mãe sabia mas não se importava com isso. Que ela queria ser feliz aqui e agora. O Ulrik gostava de cozinhar. A minha mãe e ele sempre cozinhavam lentamente no fogão a lenha e jantavam juntos depois das apresentações dela. O Ulrik a esperava à noite na nossa casa preparando tudo, punha a mesa com capricho na sala, abria o vinho para arejar. Tudo tinha que estar pronto quando a minha mãe voltasse para casa. Então eu os ouvia rindo lá na cozinha. Eram como duas crianças, isso me ocorreu. Era como se nós tivéssemos trocado de lugar sem perceber. Como se eu e o meu irmão fôssemos os adultos.

Acontecia de o meu pai aparecer e me ver ali sentada no meu quarto, mas eu não dava bola e na maioria das vezes ele sumia tão imperceptivelmente como havia aparecido. Uma vez ele disse que tudo saiu tão errado depois que ele morreu. Que não se podia confiar na minha mãe. Nunca confie nas mulheres, ele disse. Como se soubesse que eu nunca me tornaria uma delas.

Eu não pensava muito na morte. Era como se os meus pensamentos quisessem derivar para outros lugares. Eu queria estar sob a claridade do mar, sentada bem na parte da frente do barco, antes que alguma coisa acontecesse. Antes que a doença brotasse e crescesse na nossa existência. Eu explorava as ilhas na companhia do meu irmão, da minha mãe e do meu pai. O meu irmão e eu procurávamos ovos de pássaro, talvez alguma outra criança da nossa rua estivesse junto. A Sofia, que tinha cabelos compridos, queria que eu fosse a irmã menor dela. Ela me enfiava num carrinho de bebê e me levava para passear. Lembro da cara das pessoas que se curvavam sobre o carrinho. As caras tomadas de repulsa ao ver uma criança grande deitada ali. As risadas histéricas depois. Ah, vocês estão brincando. Acontecia às vezes de a gente se refugiar na casa da Sofia, quando o meu pai exagerava nas garrafas de bebida e nas ameaças. Mas ele sempre vinha atrás da gente. Quebrava o vidro da janela da casa da Sofia e pulava lá dentro. Ele ficava xingando a minha mãe na frente da Sofia e dos pais dela e eu tapava as orelhas dela com a mão, pois achava que não seria bom ela ouvir o que o meu pai estava dizendo. Tinha sempre algo que ver com algum homem com quem a minha mãe teria dormido e eu sabia que era ruim que os outros ouvissem aquilo. A ambulância que chegava discretamente e eu tentando não olhar, não chamar a atenção do meu pai naquela direção para que ele não fugisse. Sonhei que eles vinham e recolhiam o meu pai. Homens de guarda-pó branco que o levavam para trancafiá-lo para sempre.

Eu disse que não iria pensar em doença? Pois me equivoquei. Era como se todos os pensamentos recaíssem nisso. Crescer não é coisa simples. Arrumei o meu quarto, limpei a janela com o esfregão e um rodinho, tirei o pó do topo da estante, aspirei o pó do chão e depois esfreguei. Fui e voltei várias vezes com o esfregão e a escova. Sequei o chão e depois tirei do armário as roupas que não me cabiam mais. Me tranquilizava o fato de tudo estar limpo, de o quarto ter um cheiro de produtos de limpeza misturado ao perfume do jardim. A minha janela sempre ficava aberta, até mesmo enquanto eu dormia. A minha mãe comprou esfregões novos para mim, eu não gostava de fazer faxina duas vezes com o mesmo esfregão. Era como se o meu corpo cantasse quando eu faxinava, como se esperasse algo no que se espraiar, como se todo o tempo que fiquei sentada quieta tivesse sido demais e agora fosse chegada a hora de trilhar novos caminhos. A minha mãe também começou a ouvir música. Agora, a música dela se mesclava com a do meu irmão e o apartamento ressoava com todos aqueles sons pulsando nas paredes. Era como se toda a responsabilidade tivesse escoado do corpo dela, como se ela agora estivesse livre de um peso. Ela estava radiante, com uma luz muito clara e intensa. Nunca vi a minha mãe tão feliz. O Ulrik e ela estavam sempre sedentos um do outro. Era como se a felicidade da minha mãe fosse contagiante. O estado de ânimo dela era sempre o que determinava o clima na nossa casa. A forma como ela dava conta do meu pai. O fato de ela se sentir tão segura de si mesma era o mais importante e agora ela parecia estar se sentindo assim. Nada de ruim podia acontecer a ela naquele exato momento. Eu comia a comida que eles preparavam juntos. Eu via como eles iluminavam o apartamento e achei que aquela paz duraria para sempre. Por isso, o aviso da minha professora me pareceu tão despropositado, eu e a minha mãe iríamos nos reunir com o diretor da escola, a minha situação escolar seria tratada naquela reunião. A uma determinada data e hora. Tudo já estava definido, só nos cabia comparecer. A minha mãe veio conversar comigo. Se eu soubesse o que queres, ela disse. Bem lá no fundo. Bem lá no fundo, ela salientou como a atriz que era e achei que ela estava mentindo. Que ela sabia o que eu queria, que todos sabiam disso, se apenas ousassem responder à pergunta. Antes da reunião, ela penteou o meu cabelo e usou os bobes para deixá-los cacheados. Passou minhas roupas e me vestiu. Uma camisa branquíssima e calças de brim azul-marinho. Depois ela se maquiou com esmero e trocou de roupa. Cheirávamos como quem acabava de tomar banho e se arrumar ao pisarmos juntas na calçada. Agora vamos àquela reunião. Agora vamos fazer uma limonada desse limão.

O diretor apertou a mão da minha mãe e deu uma olhada para mim, jogou um pouco de conversa fora por uns instantes e perguntou como as coisas estavam indo no teatro. Quase todos perguntavam a mesma coisa e a minha mãe deu uma resposta genérica e todos se deram por satisfeitos. O diretor, em cuja sala eu nunca tinha estado antes, era calvo e usava óculos. Ele parecia pertencer a outra época e ficava passando a mão na testa como que para criar coragem.

Temos uma situação complicada aqui, ele disse. Afinal, a Ellen não fala nada, isso todos nós já sabemos, só que a Britta, essa era a minha professora, não sabe mais o que fazer. Afinal, não temos como saber o que aprendeste e o que não aprendeste, pois também não escreves nada. Está se tornando cada vez mais difícil avaliar se a Ellen pode passar para a sexta série. Por outro lado, não cremos que a Ellen tenha qualquer problema para entender. É realmente uma situação complicada, então eu gostaria de saber o que vocês pensam a respeito. Ele fez uma pausa e olhou para nós por uns instantes e eu quis deixar aquela sala de fininho e sair correndo, mas eu não podia fazer isso, estava presa ali dentro. Eu sabia que a minha mãe estava se sentindo da mesma forma. Que ela só queria se levantar e sair me levando com ela, correr até um quiosque e comprar sorvete e comemorar que aquilo tinha acabado, que a gente tinha se safado. Em vez disso, continuamos ali sentadas assimilando aquilo.

Eu gostaria de ter um pouco mais de paciência. A voz da minha mãe ficou grave quando ela disse: A Ellen. Eu não gostava de ouvir o meu nome, fazia muito tempo que ninguém o dizia, a Ellen começou a se comunicar em casa, ela usa um caderno, acredito que as coisas estão indo na direção certa. Acredito que o melhor é dar tempo ao tempo antes de fazermos algo drástico.

Vocês já procuraram algum médico? Eu o detestava. Eu queria bater nele até sair sangue depois que ele sugeriu aquilo.

Não. Ainda não. Acredito que isso vai se resolver por si mesmo. Não há nada de errado com ela.

O diretor olhou para mim e me vi obrigada a olhar para ele, a olhar dentro dos olhos suínos dele por trás dos óculos.

Ellen, o que te parece? Podes responder acenando a cabeça? Queres continuar na mesma turma até o outono? Segui olhando para ele. Ele precisava entender que eu era mais forte que ele.

Não acredito que seja uma boa ideia continuarmos aqui sentados por mais tempo, ouvi a minha mãe dizer subitamente, a Ellen não vai se comunicar contigo. Isso aqui é um disparate e, se não soubesse que isso é impossível, eu acharia que marcaste essa reunião para saciar a tua curiosidade. Devias saber que ela não vai te responder de forma alguma. Proponho que eu e ela nos retiremos agora e que deixes as coisas como estão. A minha mãe se levantou, eu pude ver como ela estava furiosa. Eu também me levantei e dei as costas para o diretor. Ninguém estava ali para nos impedir quando deixamos a sala. Passamos pelo corredor até chegar à escadaria que nos levou à portaria por onde saímos. Estava quente lá fora, ouvia-se o canto dos pássaros em meio ao trânsito. Senti orgulho da minha mãe, ela não levava desaforo para casa, muito menos de um diretor de escola, mesmo assim comecei a chorar. A minha mãe secou as minhas lágrimas e disse: Continua sendo exatamente como és. A minha mãe estava com medo, eu podia sentir. Antevi diante de mim como os médicos e o serviço social iriam botar os pés no nosso apartamento enorme à procura de defeitos. A minha mãe iria mostrar a eles um apartamento arrumado e extremamente bonito, não havia nada de errado com a gente, ela iria mostrar isso e eles iriam desistir. Todos iriam ver que éramos uma família radiante. Éramos irretocáveis pela pura força de vontade da minha mãe.

Naquela noite a minha mãe me colocou na cama como se eu fosse pequena, talvez eu ainda fosse pequena, eu não sabia, era difícil colocar aquela que eu me tornara numa linha cronológica. Quem sabe eu já fosse adulta? Talvez o crescimento já tivesse me vencido havia muito tempo? Ela me deu chá e dois sanduíches abertos delicados de queijo e presunto enrolados e fatias de pepino descascado que eram uma delícia. Ficou acariciando o meu braço enquanto eu comia, um pouco ausente. Ela fazia aquilo para acalmar a si mesma. Ela se sentou na poltrona e ficou me olhando até eu pegar no sono.

O Ulrik. Quando foi que ele sumiu da equação? Era como se eu tivesse esquecido dele antes mesmo de ele sumir. A minha mãe também parecia ter esquecido dele, não me parecia que ela estivesse infeliz, nem que sentisse a sua falta. De repente, foi como se uma atmosfera antiga e conhecida se instalasse no apartamento. O meu irmão começou novamente a passar o ferrolho na porta. O meu pai se mantinha afastado, ou talvez fosse eu quem o mantivesse afastado. Foi uma época bendita. Todos ficavam na sua, nada vinha nos perturbar, e o fato de as férias de verão estarem prestes a chegar de repente não parecia mais tão ameaçador. Iríamos passá-las em casa. Nada mais parecia inconcebível. Eu me perguntava como a vida devia ser vivida, mas não tinha qualquer resposta. Não vi nada à minha frente quando tentei puxar os cordões.

Fazia calor no meu quarto. O sol pressionava o vidro da janela. Me sentei no peitoril da janela e fechei os olhos. Manchas azuis surgiram por trás das minhas pálpebras. Acontecia de eu pegar no sono daquela maneira. Durante o sono, eu falava como qualquer pessoa. Desarmada e sem controlar meus pensamentos. Eu remava no barco com a minha amiga. Dávamos voltas e mais voltas mar afora. Ou então saíamos à rua. Corríamos e gritávamos, arrancávamos as nossas roupas no cais e caíamos na água. Nadávamos por um bom tempo sob a superfície com o cabelo se agitando. Bem abaixo da superfície, até chegar àquela pedra enorme que tentamos levantar.

Eu acordava com um braço escorregando, ou quando a cabeça despencava para a frente. Quem eu era enquanto dormia? Era como se outra época entrasse em cena, uma época mais ampla onde a vida também cabia, uma época que não questionava a minha existência. Ali, no sonho, eu só seguia vivendo como se nada mais importasse. Nada mais a indagar. Pensei que decerto também era assim para a maioria das pessoas, talvez até mesmo para a minha mãe e o meu irmão. Talvez fossem as minhas perguntas que detinham o crescimento, que restringiam aquela força que não devia ser perturbada.

Levei o colchão e o cobertor para a sacada. Eu estava pensando em alguma coisa? Talvez no fato de que o meu pai não iria mais aparecer trepando pela calha. De que eu agora estava mais segura do que jamais estive. Arrumei o lençol direitinho e me sentei um pouco na cadeira de palha com os pés apoiados na grade da sacada. Peguei um dos cigarros da minha mãe que estavam em cima da mesinha e acendi um. A fumaça me fez tossir, mas continuei tentando mais um pouco enquanto admirava as estrelas. Já era mais de meia-noite. A minha mãe já estava dormindo no quarto dela. Traguei a fumaça com cautela e pensei que eu podia começar a fumar. O calor que chegava à sacada era um pouco úmido e misturado com gases de escapamento. Acendi a lanterna que estava em cima da mesa e apontei para a escuridão. Um pássaro revoou da árvore. Apontei para a lixeira e para os varais. Movendo a lanterna com uma lentidão imperceptível.

Então é aí que tu estás? A voz da minha mãe me acordou enquanto eu jazia ali na sacada debaixo do cobertor. Te procurei por toda parte. O teu irmão já saiu para a escola. Voltei a cobrir a cabeça, queria ficar quieta e aquecida. A minha mãe me deixou ali, eu nem me mexi. Depois ela voltou trazendo uma bandeja com o café da manhã. Dois copos de suco de laranja recém-espremido, duas tigelas de batida de mirtilo com leite coalhado e sanduichinhos abertos de queijo e agrião. Ela pôs a mesa e se sentou com o jornal na mão. Estamos de folga hoje, ela disse. Eu me sentei na outra cadeira de palha e comecei a comer. Queres café também?, ela perguntou. Já que começaste a fumar. Pensei que ela devia ter visto tudo e com certeza também lia os meus pensamentos, então tentei maneirá-los para que ela não descobrisse nada. O café da manhã estava maravilhoso. Decidi passar o resto do dia na sacada e isso me causou uma alegria por dentro. O café tinha um gosto amargo, apesar de a minha mãe ter acrescentado bastante leite, então fui bebericando devagar e vi as horas desfilando diante dos meus olhos como se fossem cores. A manhã era amarela, enquanto a tarde era verde e a noite um pouco lilás. A minha mãe tinha um ar satisfeito, estava concentrada lendo um artigo do jornal. Os alunos dela só iriam aparecer depois do almoço. Ela tinha tempo de sobra. Nada de ensaios, só a apresentação à noite. Era uma peça na qual ela já vinha atuando havia um bom tempo, que não exigia tudo dela. Ela não estava agitada desde o momento em que acordou naquela manhã.

 A minha mãe acendeu um cigarro e depois me ofereceu outro. Peguei o cigarro e esperei ela acender. Eu não tinha certeza no que ela estava pensando. Fumamos em silêncio. Cada uma no seu próprio mundo. Talvez ela estivesse pensando que o Ulrik tinha voltado para Copenhague, talvez não estivesse pensando em absolutamente nada. Imaginei os meus colegas de turma sentados na sala de aula estudando geografia. Agora eu já sabia tragar melhor a fumaça.

 Trouxe umas revistinhas em quadrinhos para a sacada, coloquei-as sobre a mesa e peguei primeiro a melhor. Um exemplar antigo da *Penny*.[22] Deitei no colchão e me cobri com o cobertor para ler uma história sobre o incêndio numa estrebaria. De vez em quando eu acendia outro cigarro, a minha mãe tinha deixado o maço

---

22 Série sueca de histórias em quadrinhos publicada entre 1982 e 2008 contando histórias de cavalos inicialmente baseada na série original homônima dos Países Baixos, mas posteriormente inspirada na revista alemã *Wendy*, cujo título também assumiu a partir de 1998.

sobre a mesa. Li uma revistinha atrás da outra. Depois da *Penny*, passei para o *Fantasma*,[23] depois para o *Agente Secreto X-9*.[24] O sol estava ficando mais quente e as horas se fundiam sem ruído umas nas outras. A brisa agitava as folhas e o papel fazia um ligeiro ruído enquanto eu lia. A minha mãe estava na cozinha escutando o rádio. Ela deixou a janela da cozinha aberta, então eu também conseguia escutar. Ela escutava música clássica e aquela música era uma moldura perfeita para o meu mundo de revistinhas em quadrinhos e cigarros. Me ocorreu que eu era feliz.

Fui à cozinha ajudar a minha mãe a preparar o almoço. Despejei com cuidado as gemas de ovo na massa carbonara e ralei o queijo parmesão no ralador. Levamos os guardanapos de linho para a sacada e nos sentamos cada uma com o seu prato apoiado no colo. A minha mãe aumentou o volume da música, que chegava bem nítida até nós. Era como se estivéssemos comemorando, mas não se sabia ao certo o que estávamos comemorando. Talvez apenas o momento, talvez

---

23   Série criada em 1936 pelo roteirista Lee Falk (também criador de *Mandrake*) e pelo desenhista Ray Moore sobre as aventuras de um combatente do crime, mascarado e usando uma roupa colante característica, num país africano fictício chamado Bangalla. Diferentemente de outros heróis ficcionais fantasiados, o Fantasma não dispunha de superpoderes, contando só com sua própria força, inteligência e fama para derrotar os inimigos.

24   Herói da série de histórias em quadrinhos criada em 1934 por Dashiell Hammett (mais conhecido como autor do romance policial *O falcão maltês*) e pelo desenhista Alex Raymond (também autor de *Flash Gordon*). X-9 era um misto de agente secreto e detetive particular que trabalhava para uma agência secreta também sem nome.

algo mais. Comi tudinho que estava no meu prato, depois minha mãe decidiu que iríamos comer sorvete com calda de chocolate. Fui até a cozinha e medi uma parte de açúcar, uma parte de chocolate em pó e uma parte de água e comecei a bater numa panela até que a calda engrossou e eu a despejei em cima das duas tigelas de sorvete de baunilha. Comi tudo e me servi mais, fiz isso várias vezes até que fiquei tão saciada que precisei me deitar outra vez no colchão. O céu estava azul-claro e me deitei e olhei para a minha mãe, que estava sentada com os pés apoiados na grade da sacada, exatamente como eu fiz de madrugada, e fumava. Estávamos na cozinha quando ouvimos o som da campainha, então ela se livrou da bagana e se levantou para receber o primeiro aluno do dia.

Voltei às revistinhas em quadrinhos. Os meus pensamentos seguiam cada quadrinho e examinavam cada linha. A cortina balançava ao vento e a música ainda tocava no volume alto. Me deitei e fechei os olhos e o canto dos passarinhos me invadiu até que adormeci com o canto deles na minha cabeça.

Quando acordei, o meu irmão estava na sacada. Ele estava sentado e olhava para mim. O que será que ele queria? Ele que não tinha o costume de vir à sacada.

Ele voltou a entrar e eu fiquei me perguntando por quanto tempo ele ficara ali sentado.

Ouvi quando ele passou o ferrolho e me sentei na cadeira de palha e olhei para o pátio dos fundos vizinho por sobre o muro. O meu irmão trouxe consigo um vento frio e as folhas tremiam na árvore. Então entrei. Levei o colchão de volta para o meu quarto, pois tive a sensação de que o meu irmão não iria permitir que eu dormisse outra noite na sacada. Pensei em quem decidia as coisas na nossa casa e cheguei à conclusão que decerto todos pensavam que era o outro quem decidia. Talvez o meu irmão achava que era eu quem decidia, da mesma forma que eu pensava que era ele, da mesma forma que a minha mãe pensava que era ela, apesar de ela de fato saber que não era. Era como se a paz que eu vivenciava às vezes em casa dependesse de uma rede extremamente fina de compreensão e boa vontade, e ninguém violava aquele arranjo tácito. Todos tinham que fazer a sua parte, do contrário aquela rede se rompia. Era como se aquela rede fosse a um só tempo robusta e infinitamente delicada. O meu irmão podia derrubar tudo com um só golpe. Ele sabia disso. A minha mãe podia deixar de conseguir fazer tudo que ela agora era capaz de fazer. E eu? O que eu era capaz de fazer? Eu estiquei aquela rede até o limite da ruptura com a minha recusa. Fui puxando as linhas lentamente, elas foram cedendo lentamente até conseguir abrigar o silêncio. Redecorei o nosso apartamento e era como se ele ainda estivesse tentando se recuperar do esforço realizado. Mas logo o fôlego estaria recuperado. Sobrevivemos àquela nova decoração. Restavam ameaças, a escola era uma delas, o diretor e os especialistas eram outra, mas a minha mãe os evitava agora tão decididamente porque sabia em seu âmago que nada daquilo iria melhorar a situação. E também havia Deus. Ele que iria abreviar a minha vida. Eu não conseguia imaginar a minha mãe e o meu irmão no funeral. Eu não me satisfazia com esse tipo de fantasia. Bem pelo contrário. Todas essas fantasias me deixavam apavorada. Eu não conseguia ver o meu irmão e a minha mãe sem mim. Apenas eles dois, sozinhos. Será que eu tinha consciente ou inconscientemente esquecido de fazer a minha oração a Deus nas últimas noites antes de adormecer?

De uma coisa eu sabia e essa coisa era que nós ainda vivíamos numa espécie de beatitude depois que o meu pai morreu. Como era possível termos uma sorte daquelas? Era como se o pé de um gigante o tempo todo estivesse nos comprimindo e agora de repente ele desapareceu. Talvez fosse por isso que eu gostava tanto de ir ao teatro. Lá não era o meu pai quem imperava. Lá imperava a arte, e eles fariam o que fosse necessário para impedi-lo de atrapalhar o espetáculo. Nem mesmo o meu pai podia invadir o palco principal e levar a minha mãe. Lá ela estava segura e eu que me encontrava no salão também estava encapsulada naquela segurança, aquela absoluta segurança que durava algumas horas e que para mim parecia tão mágica e radiante. Talvez fosse por isso que eu não sentia mais a mesma necessidade de ir ao teatro. Porque o meu pai estava morto e de fato nada mais nos ameaçava. Apesar disso, havia algo que me dizia que nós agora começávamos a atacar um ao outro, quando antes estávamos unidos. Me perturbava que as coisas fossem assim. De fato, eu imaginava uma existência paradisíaca na qual todos nós nos sentávamos na cama enorme da nossa mãe e assistíamos filmes, como fizemos das vezes em que pegamos piolhos. A mesa estava cheia de guloseimas como nos dias de festa, e víamos um filme atrás do outro no nosso videocassete novinho em folha. Esse era o problema com o crescimento. Certas coisas pertencem a certas idades. A ideia de ver o meu irmão e eu sentados na mesma cama se mostrava impossível. Era isso o que eu queria de volta? Será que eu estava tentando reviver a minha infância, só que dessa vez sem o meu pai? Ao olhar as nossas fotografias, eu podia ver a mim mesma ainda neném de macaquinho branco e o meu pai sorrindo enquanto me levantava na cama. Eu podia ver a mim mesma com quatro anos de idade segurando o lúcio que o meu pai tinha acabado de pescar, para que vissem como eu era pequena e como o lúcio era enorme. Imagens felizes de uma infância feliz. O sorriso da minha mãe que ela disparava contra a luz do *flash*. Era realmente possível sentir como a vontade de viver que ela tinha vibrava naquele instantâneo que a eternizava. Uma mãe e um pai. Dois filhos pequenos.

Todas as noites que se tornaram manhãs. Todas as festas, todas as visitas e amigos. A minha mãe e o meu pai. Eu e o meu irmão. E então o dia em que o meu pai de repente despencou à mesa. Como que deslizou da cadeira e depois se deitou na cama lá no interior e não conseguia se levantar. As redes que a minha mãe teve que cuidar. Aquela foi a primeira vez. Ninguém conseguiu fazê-lo se levantar e ele ficou deitado lá o verão inteiro. Naquele verão, a minha mãe preparava o cesto de piquenique com ainda mais esmero e ficávamos na ilha balneário da manhã até a noite. Éramos uma família radiante. As almôndegas tinham um gosto delicioso sob o sol e eu olhava e ficava olhando para a água brilhante. Será que desde então já sabíamos dentro da gente que nos virávamos melhor sem ele?

Depois foi a humilhação. Eu ainda não conhecia essa palavra, mas vivi aquilo em todas as partes do meu corpo. Como naquela madrugada em que não pude ir ao banheiro porque tinha que ficar sentada na cadeira olhando o meu pai cantar aquela canção que ele adorava e que de repente se tornou uma questão de vida ou morte para ele. Sim, aquilo exemplificava todo o estado dele. Toda a situação em que ele se encontrava. Lembro da sensação quando finalmente mijei nas calças e do mijo escorrer pela roupa de baixo e pelas coxas, chegar na cadeira e escorrer ao chão. Lembro que comecei a chorar e o meu pai continuou cantando até o amanhecer, quando ele então parou de repente e foi se deitar sem dizer nenhuma palavra.

Me habituei a viver o momento no barco. Pensava que seria assim para sempre. O sorriso do meu pai quando o meu irmão botava mais um peixe no barco com a apanhadeira. O meu irmão, que era tão meticuloso. Ele perseguia os peixes soltos e os ajeitava na apanhadeira sem enroscar nas redes. A minha mãe, sempre vestida a rigor para cada situação. Talvez ela tenha sido sempre uma atriz? Vestindo um casaco de abrigo com os cabelos armados num coque perfeito e o sorriso voltado para uma câmera invisível. A família inteira passeando na natureza. Talvez aquele pregado[25] morto boiando na superfície da água e que o meu irmão queria a qualquer custo puxar para o barco, pois ele parecia estar vivo, tenha sido o primeiro sinal de que havia algo estranho? Aquele peixe fétido que as aves marinhas haviam devorado e com o qual não sabíamos o que fazer quando ele no fim das contas veio parar a bordo. A cólera e a vergonha do meu irmão quando ele viu o peixe. Ele sentia vergonha de ter sido tão afobado. De ter feito o nosso pai ir até lá onde o peixe se encontrava na água. Ele tinha se revelado. Olhamos para ele. Nos entreolhamos. O que iríamos fazer agora? O que iríamos fazer um com

---

25   *Psetta maxima*: espécie de peixe da família *Scophthalmidæ* do grupo dos peixes ósseos com comprimento entre meio metro e um metro comum em águas costeiras de até cem metros de profundidade.

o outro? O meu pai que por fim jogou o peixe para fora do barco e a minha mãe que não sabia que cara fazer. Por um segundo ficamos nos entreolhando com um pavor no olhar. O que foi aquilo? Nos dirigimos calados até mais uma ilha, mas a conversa não continuou com aquela leveza que a minha mãe sempre mantinha. Ela sabia como devia agir. Tirou as coisas da bolsa térmica. Serviu refresco nos copos para mim e para o meu irmão. Café para ela e para o meu pai. Éramos uma família radiante. Uma família radiante.

O lugar da falta de fala

por Ronaldo Bressane[1]

É tentador aplicar a leitura psicanalítica a este pequeno grande livro de Linda Boström Knausgaard. Em *Bem-vinda à América* existe um trauma claro, dito na segunda linha da narrativa: a morte do pai ("Não sei o que ele diria a respeito [do meu silêncio]", p.6). Existe também um episódio de abuso sexual ocorrido na mesma época – o exibicionista no parque ("Eu estava brincando no trepa-trepa e o homem parou lá embaixo e mostrou tudo o que tinha", p.6). Como resultado a estes traumas (e a outros, mais sutis), temos uma castração simbólica: Ellen, uma menina de 10 anos, subitamente para de falar. Não só deixa de falar, mas para de se comunicar de qualquer maneira, e com qualquer pessoa – mãe, irmão, colegas, professores. A criança calada guarda um rico imaginário, uma construção simbólica complexa, que faz com que adiemos o passo do demônio interpretativo para que ouçamos as sereias das livres associações.

---

[1] Ronaldo Bressane é escritor e jornalista. Autor do romance *Escalpo* (2017), entre outros, é mestre em letras pela Unifesp

A primeira sereia que ouço é a de outro romance protagonizado por uma criança: *O Tambor*, de Günter Grass. No clássico adaptado ao cinema por Volker Schlöndorff, um menino de 3 anos resolve parar de crescer ao ouvir do pai que deverá sucedê-lo nos negócios. Este Peter Pan sem Terra do Nunca deixa que fale por ele um tambor – e um grito agudíssimo que destrói quase todos os vidros que vê pela frente. Como o romance tem um pano de fundo histórico – a ascensão do nazismo e a submissão das classes burguesas ao fascismo –, a recusa do protagonista e a obsessão pelo tambor podem ser lidos como metáfora de um país que se recusou a crescer e se manteve amoralmente à margem dos acontecimentos. Haveria igualmente um pano de fundo político em *Bem-vinda à América*? Que metáfora lemos no silêncio de Ellen?

O título sugere a política, embora aqui desviada para o campo social e psicológico: *a psique como pólis*. A América do título remete-se a uma cena em que a mãe da protagonista-narradora representa uma certa Deusa da Liberdade. A Estátua da Liberdade, símbolo de Nova York, pode ser observada como um ponto de fuga para uma realidade intolerável. Em dois momentos, Ellen vê uma imagem semelhante, muito perturbadora. No primeiro momento, a mãe está no palco careca, representando a Deusa da Liberdade; tem um caco de espelho enfiado em sua testa, está caída e dá as boas-vindas aos imigrantes

("Eu amei aquilo tudo. A aparência dela. A sua figura que brilhava e rebrilhava", p.5). No segundo, num sonho (ou alucinação?), é o pai quem leva um caco de espelho cortando a testa ("A rodovia rugia e o meu pai estava lá, careca e com um caco de espelho cravado na testa. Bem-vinda à América, ele disse", p.40). Que esta imagem seja recorrente aponta para uma decodificação. Olhar tais imagens como símbolos de um narciso fendido entre pai e mãe é por demais atraente – mas não pode ser o único sentido.

O livro é narrado de um futuro indeterminado – um ponto de vista de uma narradora talvez adulta, mas que observa os eventos da perspectiva infantil, situando-os no tempo pretérito. Linda nos oferece, portanto, uma narradora não-confiável, já que a realidade descrita no romance é oferecida apenas desta perspectiva parcial: "Já fazia bastante tempo desde que eu havia parado de falar. Todos já tinham se acostumado. A minha mãe, o meu irmão. O meu pai está morto, então, não sei o que ele iria dizer a respeito" (p.1).

O tom de Linda é sóbrio, direto e muito claro ("claridade" é um termo cujo campo semântico será bastante lapidado ao longo da narrativa: "Minha mãe tomava para si todo o mal e o fazia desaparecer. Ela era uma feiticeira que brincava com a luz nas paredes", p.19). Na maioria das vezes, suas frases são curtas e diretas. Os acontecimentos são narrados numa cronologia em ziguezague, e a autora gosta de cortes bruscos e associações livres – o que faz com que, se às vezes nos perdemos na trama, por outro lado não a abandonamos nunca.

Os pais de Ellen se conheceram em uma pequena cidade do norte sueco. Mudam-se para Estocolmo motivados pela ambição da mãe, que queria ser atriz. O pai se conforma à cidade grande e arranja trabalho como engenheiro, ao mesmo tempo em que leva a família em passeios de barco à casa de verão em uma ilha, e sonha em ter um sítio no interior, onde possa caçar e pescar. O contraste *chiaroscuro* entre as duas figuras é evidente: a mãe, solar, extrovertida e ambiciosa, e o pai, lunar, conservador e frágil.

Bipolaridade e mutismo seletivo

Houve um tempo em que aquela foi uma "família radiante", expressão usada muitas vezes ao longo da novela (por vezes contraposta a "família sombria"). Mas, como o espelho que se enfia nas testas dos pais da pequena Ellen, a imagem se quebrou. E é o pai quem se quebra, ao alternar períodos de melancolia e prostração com eventos maníacos. Em uma cena aterrorizante, o vemos prender Ellen à mesa enquanto canta uma melodia sem parar – fazendo com que a menina, aterrorizada, urine nas próprias calças –, e, em outra, deixe aberta o escape de gás na casa. A menina pede que Deus leve o pai.

Para sua culpa, ele é internado em uma clínica psiquiátrica.

Natural que se lembre o primeiro romance de Linda publicado no Brasil, *A Pequena Outubrista* – uma das narrativas sobre experiência em clínica psiquiátrica mais belas e tristes que li, lembrando *Hospício é Deus – Diário I*, de Maura Lopes Cançado. Nesta clínica, em que Linda recebeu terapias radicais como o uso de eletrochoque, seu diagnóstico foi de *bipolaridade*. Fatal relacionar o diagnóstico de Linda ao diagnóstico de Ellen: *mutismo seletivo*, transtorno muito frequente em crianças da idade da protagonista-narradora, em especial meninas, e que pode se revelar um sintoma de futuros transtornos de ansiedade ou psicopatologias como a bipolaridade. É a própria narradora quem faz esta relação: "Talvez meu pai dissesse que aquilo era hereditário. A hereditariedade golpeia com força na minha família. É implacável. Em linha direta. Talvez eu carregasse o silêncio em mim o tempo todo" (p.1).

Silêncio e mutismo têm acepções diferentes. O silêncio pode ser um prelúdio de abertura à revelação, enquanto que o mutismo sugere um impedimento. O silêncio abre uma passagem; o mutismo a obstrui. O silêncio envolve os grandes acontecimentos; o mutismo os oculta. A autointerdição da fala simboliza qual dos dois movimentos? Tendemos a acreditar no segundo: afinal, trata-se de uma recusa. E, como negação, revela-se um gesto impositivo de Ellen – é uma marca de poder: em vez de eu *não* posso falar, eu *posso* não falar. Em vez de uma leitura somente passiva – Elle emudeceu traumatizada pela morte do pai –, o mutismo se torna uma arma. Contra o quê, contra quem?

Se falamos em armas, é natural pensar em conflitos. E eles se oferecem, ainda que velados. Há a sugestão de violência doméstica, do pai contra a mãe ("O meu pai batia na minha mãe quando estava desesperado", p.31). Mas há também uma violência simbólica, da mãe contra o pai ("A minha mãe o havia devorado e cuspido de volta", p.32). E há também o temor de sofrer violência pelo irmão ("Eu temia pelo meu irmão. Sempre temi. Ele estava sempre lá, com as suas mãos e o seu ódio", p.6). O mutismo de Ellen é um método de *burla* nesta matemática familiar, em que os espelhos nunca são planos, são sempre percebidos aos cacos. O silêncio, além de arma, é também *refúgio teatralizado*, uma *performance*, e, como tal, um *gesto* artístico: "O silêncio sempre jazia [no teatro] como uma possibilidade. Um piso negro no qual se podia andar" (p.14).

Autoficção, escrita de si, pacto autobiográfico

"Sou uma pessoa mais forte do que aparenta", já disse Linda, em entrevistas recentes, a despeito de seu porte frágil. Força e e fragilidade são dois eixos que tensionam esta narrativa. A mãe é sem dúvida uma personagem poderosa. Atriz bem-humorada, ativa, linda, envolvente, sexualmente livre, financeiramente autônoma, ela habita o campo da arte, e domina a casa depois que o pai, primeiro, foi internado, e, depois, morreu. O irmão parece uma síntese da mãe e do pai. Como músico, herda o talento artístico materno. Porém, passa os dias trancados dentro do quarto, ocupando também o espaço do interdito, que era do pai introvertido – o pai lunar, o pai que conversava com os peixes. Em certa passagem, Ellen terá medo de ser esfaqueada pelo irmão. E ela também contará que esconde uma faca-estilete. Resultado da equação familiar: para lidar com o excesso da mãe, a falta do pai e o gêmeo sombrio que é seu irmão (um produtor de sons), a única saída é o mutismo.

Mas o mutismo pode também se converter no silêncio que precede a *revelação*. Na única passagem em que Ellen emprega palavras, ela está chocada por um evento singular: a escola em que ele e o irmão estudam pega fogo. O evento remete a outro acontecimento semelhante – o incêndio na casa de veraneio da família (fica implícito que teria sido produzido pelo pai). Por sentir-se culpada pelo incêndio na escola, Ellen, no fim da novela, escreve "A escola pegou fogo" no caderno dado pela mãe, que se emociona com seu gesto de quebrar o silêncio.

"As pessoas podiam me ler como se eu fosse um livro aberto?" (p.39). Seria *Bem-vinda à América* um exemplar de autoficção? Pacto autobiográfico? Escrita de si? Como esta novela, bem como toda sua ficção, aborda o passado da autora, comparações óbvias serão apontadas com a saga *Minha Luta*, de seu ex-marido Karl Ove Knausgaard. Nesta obra existe o chamado "pacto autobiográfico", conceito cunhado por Philippe Lejeune, em que o autor pactua com o leitor uma fidelização à ideia de que tudo o que acontece com o protagonista da narrativa aconteceu de fato com seu autor. O escritor e teórico Serge Doubrovsky vai além, na criação do conceito de "autoficção", em que as três figuras da narrativa – autor, narrador e protagonista – convergem em uma única e mesma figura. Daí apontar-se *Minha Luta* como um dos exemplares mais fortes da autoficção contemporânea.

Ao eleger um alter ego, Ellen, como uma espécie de lente de aumento de suas memórias infantis, Linda afasta-se da autoficção e do pacto autobiográfico para brincar com o espelho usado nas escritas de si, deformando-o para ganhar mais potência literária próxima de seus atributos – em especial, a poesia, berço de sua escrita. A prosa de Linda está distante da prosa poética – este termo tão gelatinoso que pode querer dizer tudo e nada ao mesmo tempo –, mas traz elementos da poesia: sentenças recorrentes, o jogo de metáforas que passeia no campo semântico da luminosidade ou rimas visuais como os dois momentos do caco de espelho na testa.

Mas talvez seja mais acurado – e mais interessante – ler *Bem-vinda à América* como uma percepção dos poderes pessoais e literários de Linda. "Quase tudo aqui aconteceu na minha vida de verdade. Mas não se trata de autobiografia", ela disse. Afinal, a novela trava um jogo de forças entre pares de opostos: mãe e filha, pai e filho; e entre a filha e as outras três figuras. "Estávamos as duas paradas numa margem de um fosso, medindo a distância, ou será que medíamos uma à outra com o olhar? Qual das duas é forte?, perguntávamos uma à outra. Quem é a forte e quem é a fraca? Qual das duas iria rastejando até a outra na madrugada para abraçar a outra aos prantos?" (p.6).

Linda amava a mãe, Ingrid Bostrom, morta em 2019. Realmente uma atriz tão solar cuja luminosidade parecia, como na novela, opressiva ("Os dias eram de tal maneira que ardiam de luz, uma luz tão intensa que eu tinha que fechar os olhos", p.40). A mãe era extremamente narcisista, mas Linda a perdoa: "Nos anos 70, os pais eram muito mais autocentrados do que hoje", disse. O fascínio pela mãe a levou a tentar uma escola de artes cênicas. Porém, Linda não foi aprovada. E na mesma semana em que recebeu uma recusa do teatro, ganhou uma carta de aceitação em uma escola de escrita. Já a relação com o pai era realmente difícil. "Ele me assustava", disse Linda, que confirma a bipolaridade do pai. Não chegou a rezar para que o pai morresse, como Ellen, mas, a última conversa que tiveram foi muito dura – e, uma semana depois, ele morreu, fato que Linda ainda lamenta.

A autora tinha 26 anos quando, como o pai, foi diagnosticada bipolar. Sentiu-se horrorizada – e também humilhada. Sua luta contra o sofrimento mental está detalhado em minúcia pelo ex-marido, na saga que escandalizou o mundo nórdico pela revelação excessiva da vida privada da família. "Karl Ove é outro narcisista", disse Linda. "Mas escreveu um bom livro. Claro, é a leitura dele dos fatos. Não necessariamente precisa ser a única verdade."

E a verdade é que, na chamada "vida real", Linda desenvolveu um mutismo seletivo – mas não tão agudo quanto o de Elle. "Eu ficava muda uns dois dias no máximo. Ellen é mais forte", revelou. O silêncio – que é preponderante em outra novela, *The Helios Disaster* (inédita no Brasil) –, é essencial como um elemento que potencializa o mínimo de eventos para ganhar o máximo de efeito.

Ao contrário do *mal da banalidade* do ex--marido Karl Ove, em que até mesmo a limpeza de uma pia ganha trinta páginas, uma cena impactante como o incêndio na escola ou o passeio final de barco da família radiante ganham força mais pela sugestão de suas raras linhas. "Acho que sou o tipo de escritora que diz mais com menos palavras. Deixo muita coisa de fora. Tenho fé na habilidade dos leitores em preencher os vácuos e entender as coisas por si mesmos."

Silêncio primordial

Mesmo munidos de todas as informações relativas às coincidências entre a ficção e os eventos da vida real, vemos que a novela sustenta sua potência em seu mistério: o enigma do silêncio. Há também recorrências que nos sugerem outras sereias associativas. Como, por exemplo, o fato de a novela ser crivada de interrogações. Interrogações que ora soam na boca de Ellen criança ora na escrita da narradora adulta, olhando para o próprio passado:

"Era essa a diferença entre ser criança e ser adulto? Ser ou não capaz de fazer a luz entrar?" (p.19) "Será que meu pai não soube, ao morrer, que fui eu que fiz aquilo? (...) Não éramos na verdade uma família sombria?" (p.27) "Não me afetava de alguma maneira o fato de eu não estar no centro das coisas como o demais? O fato de eu permanecer à margem?" (p.29) "Quem poderia salvar meu pai?" (p.32) "Por que é que eu tinha essa necessidade de parecer melhor do que eu sou?" (p.33) "O que se abriu e o que estava fechado?" (p.39) "Como eu iria fazer meu pai se calar?" (p.46). "Quem eu era enquanto eu dormia?" (p.52) "Será que eu estava tentando reviver minha infância, desta vez sem meu pai?" (p.56) "O que iríamos fazer um com o outro?" (p.57)

São tantas perguntas que nos interrogamos: quem está perguntando? A narradora mirim, Ellen, ou a autora da narrativa, já adulta, debruçando-se sobre seu trauma? O silêncio, assim, torna-se interrogativo, sugestivo, provocador. Como o silêncio oferecido pelo analista ao seu analisando. Como se o silêncio oferecido por aquela menina de 10 anos fosse ofertado à escritora de 40 e poucos. Ou como o silêncio oferecido pela analítica escritora de 40 e poucos à criança de 10?

"Sobre o que não se pode falar, deve-se calar", já dizia Wittgenstein. Em sua investigação *O Silêncio Primordial*, o ensaísta Santiago Kovadloff assevera: "A autêntica pergunta não precede a resposta: a sucede, brota de sua insuficiência, a supera. Expande-se ali onde nenhuma resposta poderá alcançá-la. É a forma verbal assumida pela imersão no real incógnito. E mais: a pergunta como modalidade verbal é o sintoma da insuficiência congênita da resposta como modalidade compreensiva". Disse lá no começo que o silêncio de Ellen seria uma recusa, e como tal, uma *resposta* ao trauma. Então talvez seja melhor pensar que seu silêncio informa uma *pergunta*.

Se o silêncio é uma pergunta, bem pode ser uma janela para enquadrar o real: uma passagem de uma realidade interior para uma realidade exterior: efetuar a passagem do *real* (a dor indizível de Ellen) para o *imaginário* (a construção da identidade de Ellen) e daí para o *simbólico* (o silêncio como sintoma afirmativo de sua angústia). Em seu *Seminário X*, Lacan sugere que a angústia seja sempre *enquadrada*, como uma janela. Se percebemos o silêncio de Ellen não como uma resposta, mas como uma pergunta, captamos este silêncio não como uma falta, e sim como o *lugar dessa falta*. E se toda angústia é o espelho de uma falta, este silêncio, longe de ser uma janela que se fecha, é a *janela que se abre*.

"A angústia não é a dúvida, a angústia é a causa da dúvida (...) A dúvida, o que ela despende de esforços, serve apenas para combater a angústia, e justamente através de engodos. Porque o que se trata de evitar é aquilo que, na angústia, assemelha-se à certeza assustadora. (...) Agir é arrancar da angústia a própria certeza", disse Lacan. Após seu silêncio duradouro, a ação mais afirmativa de Ellen é escrever em um caderno esta frase clara, direta e irrefutável: "A escola pegou fogo".

Como Miles Davis e João Gilberto trabalhando melodias com pausas, como Oscar Niemeyer desenhando Brasília com o vazio, Linda construiu um texto com o silêncio, o interdito, o não-dito, a alusão. Muito mais poderíamos comentar acerca desta poderosa novela. Mas, como Ellen e o leitor sabem, o silêncio é de ouro.

Exemplares impressos em OFFSET sobre papel Cartão LD 250g/m2 e pólen Soft LD 80g/m2 da Suzano Papel e Celulose para a Editora Rua do Sabão.